Guntram Zoppel

Mord am vierten Loch

Ein Bregenzerwald-Krimi

Dieser Text ist ein Kriminalroman. Handlungen und Personen sind frei erfunden. Ähnlichkeiten mit lebenden oder toten Personen sind nicht gewollt und rein zufällig. Einzig die landschaftliche Kulisse des Bregenzerwaldes ist real.

Für Ulli und Moritz

ISBN 978-3-9504280-5-6

Lektorat: Nina Winkler
Gestaltung/Satz: Tobias Rümmele, Dornbirn
Druck: Druckerei Mäser GmbH, Lauterach
Foto Cover: Ollyy/Shutterstock

#01

Das Schönste am Golf ist der Platz. Ganz besonders der Golfplatz Riefensberg-Sulzberg im Bregenzerwald. Die Errichter haben die Besonderheiten des sanft hügeligen Weißachtales mit den alten Baumgruppen und naturbelassenen Streuwiesen durch sorgsam gesetzte Bunker, Teiche und Grüns zu einem abwechslungsreichen Platz mit 18 Bahnen für alle Spielstärken geformt. Hier findest du noch den ursprünglichen Charme des Spiels, mit breiten Fairways, schmalen Korridoren, spannenden Hang- und Schräglagen vor der imposanten Kulisse der Voralpen. So ist der Golfplatz ideal in den traditionsreichen Bregenzerwald und in den Naturpark Nagelfluhkette eingebettet. Vogelgezwitscher und Blätterrauschen begleiten dein Spiel. Du genießt die entspannende Ruhe, den ungestörten Naturgenuss und die klare Alpenluft im milden Reizklima. Die gepflegte Kulturlandschaft und freundliche Menschen schaffen Abstand zum Alltag und machen bei jeder Runde bereits Lust auf die nächste. Auf dem Golfplatz Riefensberg-Sulzberg wird jede Runde zu einem Fest für alle Sinne, für dich und deine Begleitung.

Aber es kann auch anders kommen!

Er kommt von seinem Jagdrevier bei Krumbach im Bregenzerwald. Es ist später Nachmittag, ein Freitag im

Juli. Die Sonne steht im Westen tief über dem Bodensee. Eine ungewöhnliche Hitzewelle setzt den Menschen und Tieren seit Wochen zu. In seinem Revier ist nichts los. Kein Tier zeigt sich. Zu viele Wanderer und Mountainbiker bringen in den Sommermonaten Unruhe in den Wildbestand, denn der „Wald“ ist ein beliebtes Urlaubsgebiet.

Es macht keinen Sinn mehr, noch länger auf dem Hochsitz zu verweilen. Über die vielen Touristen fluchend, klettert er die wackelige Leiter vom Hochstand herunter und begibt sich zum daneben geparkten Auto. Ihm ist der Tourismus, um den sich alle im Tal so bemühen, ein Dorn im Auge. Eine Art Ausverkauf der Heimat.

Bevor er in sein Auto steigt, blickt er nochmals versonnen zum Waldrand hoch. Vielleicht reicht es heute zu der Tat, zu der er sich schon seit langem entschlossen hat. Vorbereitungen hat er schon seit Monaten getroffen. Er weiß, was er will. Ihm ist die Gegend so vertraut wie der Inhalt seiner Hosentasche. Ein neues Präzisionsgewehr, ein Steyr SSG 04, hat er sich letztes Jahr schon angeschafft, gut eingeschossen und mit diabolischer Vorfreude liebevoll gepflegt. Etwas Sorge macht ihm das Eindringen in ein fremdes Jagdrevier. Den Ruf eines Wilderers umgehängt zu bekommen, ist wohl auch heute noch das Schändlichste, was einem Jäger passieren kann. Das hat er aber im Griff. Er wird nicht auffallen. Das Glück sollte aber auf seiner Seite sein.

Mit seinem etwas ramponierten dunkelgrünen Range Rover fährt er die vertraute Strecke von Krumbach über die Bärentobelbrücke, die die Bolgenach quert, nach Riefensberg. Ein Stück hinter der Kirche, beim Waldrand am Ortsende, stellt er das Auto ab. Ein Teil der Straße wurde vor Jahren durch eine Mure verlegt. Sie ist nicht mehr durchgehend befahrbar. Daher gibt es kaum Verkehr. Es ist ruhig, niemand ist auf dem Weg.

Im Schutz des Autos wechselt er rasch die Kleidung. Nun sieht er aus wie ein Wanderer. Er macht sich mit seiner Waffe, die zerlegt und in einem Rucksack verpackt, also unauffällig ist, auf den Weg durch den recht abschüssigen Wald in Richtung Golfplatz. Das unwegsame Gelände hat er mehrmals erkundet. Nach kurzer Zeit erreicht er eine Tanne, die ihm genug Schutz bietet, um nicht gesehen zu werden. Er atmet schwer, sein Hemd ist schweißgetränkt. Von hier hat er einen wunderbaren Ausblick auf den Abschlag der vierten Bahn des Golfplatzes, die zur Weißach hinunterführt. Den Platz kennt er gut. Wenn jetzt alles passt, dann wird es geschehen, geht es ihm durch den Kopf. Das Glück ist auf seiner Seite. Nach und nach wird der Spielbetrieb auf dem Golfplatz weniger. Wenn sich sein Opfer an seine Gewohnheiten hält, dann kann es sich ausgehen. Und tatsächlich, nach einer kurzen Zeitspanne, scheint der Golfplatz wie leergefegt. Alle Fligths sind durch. Anhand einer App auf seinem Handy überprüft er die letzte eingetragene Abschlagzeit. Ja, der Spielbetrieb ist zu Ende. Die Warterei macht ihn unruhig. Mit dieser Hitze kann er nicht umgehen. Immer wieder setzt er den Flachmann an und wischt sich den Schweiß von der Stirn. Der Tag ist im Begriff, sich zu neigen, die Abenddämmerung schon zum Greifen nahe. Er zwingt sich auszuhalten. Es zahlt sich aus. Er sieht wie ein Spieler, langsam und ohne Eile, das Green der zweiten Bahn verlässt. Er beobachtet den wuchtigen Abschlag auf der Drei und wie, nach einem schönen Chip, der Ball birdieverdächtig nahe der Fahne zum Liegen kommt. Nun ist es an der Zeit, sein Opfer ins Visier zu nehmen. Das Licht erscheint dem erfahrenen Jäger noch gut genug. Der Schuss hallt durch die drückende Schwüle. Die Dämmerung bricht endgültig herein.

Die Geschäfte gehen gut. Die Wälder sind ertragreich, der Holzpreis steigend. Die Landwirtschaft mit den Alpen hat er seinem Sohn überschrieben, weiß sie also in guten Händen, und von seinen weiteren Unternehmungen, die reichlich Geld bringen, ahnt niemand etwas. So geht sich mehrmals pro Woche eine Runde Golf aus. Den Witz „Haben Sie noch Sex oder spielen Sie schon Golf?", pflegt er mit einem dreckigen Grinsen zu quittieren. So weit ist es noch lange nicht.

Bartl Moosbrugger parkt seinen weißen VW Tiguan auf dem holprigen, nicht allzu gut gepflegten Parkplatz des Golfplatzes Riefensberg-Sulzberg. Er ärgert sich über die Schlampereien auf dem Golfplatz, die sich in dieser Saison immer stärker bemerkbar machen. Beim Aussteigen tritt er in ein Schlagloch. Er öffnet die Heckklappe um die Utensilien fürs Spiel herauszuholen, als der Präsident des Clubs, Franz Alge, auf ihn zukommt.

„Servus Bartl! Fast jeden Abend eine Runde Golf, da wird dein Handicap bei den nächsten Turnieren wohl ordentlich besser werden", spricht Franz ihn an.

„Hallo! Ja, das Spiel wird immer besser, aber wie du weißt, spiele ich nicht um ein besseres Handicap zu erreichen und Turniere sind mir sowieso ein Gräuel."

Ungehalten macht er den Präsidenten darauf aufmerksam, dass der Parkplatz endlich saniert gehöre und fordert ihn auf sich mehr einzusetzen, so dass die Golfspieler die Diviots auch ausbessern.

„Ja, ja, lass gut sein. Vieles sollte sich ändern. Geld und auch der Wille sind halt nicht immer vorhanden. Ich mühe mich eh jeden Tag“, versucht der Präsident zu beschwichtigen.

Freundlich erinnert er Bartl daran, dass er ja einer ist, wie man weiß, der sein Geld in den Platz investiert hat. Mit den Argumenten: Man kann die Kuh nicht immer nur melken, sie braucht auch Futter und die Investoren sollen besser dazu schauen, wie das Geld eingesetzt wird, versucht er Bartl zu beruhigen.

„Lassen wir das Herumjammern. Wie wäre es, wenn du das nächste Turnier mit mir spielst? Es ist mein Turnier, das Präsidententurnier. Ich nehme dich in meinen Flight, zusammen mit dem Sepp und dem Wirt des Clubhauses.“

„Danke für die Einladung, das ehrt mich. Aber ich spiele nicht mit. Ich bin turnierfaul und halte nichts von dieser Schlägezählerei. Beschissen wird obendrein ja auch noch. Golf soll Spaß machen und nicht Stress verursachen.“

Der Präsident versteht das nicht. Na gut, etwas Aufregung ist bei einem Turnier immer dabei, aber das gleich als Stress zu bezeichnen, findet er übertrieben. Und das mit dem Bescheißen will er erst gar nicht gehört haben.

„Überleg es dir noch mal. Mein Angebot steht. Schönes Spiel! Ich muss jetzt weiter. Gespräche wegen des Turniers im Clubhaus stehen an“, lenkt er freundlich ein.

Bartl bedankt sich und ist froh, den gschaftelhuberischen Schwätzer los zu sein. Kommt doch nicht in Frage das Präsidententurnier zu spielen, und das noch mit dem Franz, dem Sepp und dem Wirt. Was der Präsident aber sonst noch angesprochen hat, ist überlegenswert. Etwas Geld für die nötigsten Sanierungsarbeiten müsste man schon bereitstellen. Ich muss mit meinen Freunden darüber reden, denkt er, als er sich für das Spiel fertig macht. Bartl wechselt die Schuhe, wuchtet den Bag auf den Trolley und geht vor zum ersten Abschlag. Er ist froh, dass ihm niemand entgegenkommt. Heute ist er irgendwie schlecht gelaunt. Es liegt etwas in der Luft, das sein sonst sonniges, geselliges und selbstbewusstes Wesen trübt. Auf dem Platz ist kaum mehr etwas los. Ein Flight spielt noch das 18. Loch zu Ende. Auf den Platz hinaus geht um diese Uhrzeit niemand mehr. Er wird, wie gewohnt, allein seine Runde in der Abenddämmerung spielen können. Die Terrasse des Clubhauses ist wie immer noch gut besetzt.

Er bewältigt die lange Bahn der Eins in Par, mit fünf Schlägen.

Es braucht hier einen gewaltigen Abschlag. Die Bahn bietet eine gute Gelegenheit, den Driver und die Fairway Hölzer ins Spiel zu bringen. Sie hängt nach rechts und ist links von einigen strategisch platzierten Bunkern gesäumt. Das Green ist von Bunkern umgeben und bedarf einer exakten Annäherung, die wegen des Grabens quer über das Fairway taktisch gut geplant sein will.

Bartl ist zufrieden.

Die Spielbahn Zwei bietet vom erhöhten Abschlag einen wunderbaren Ausblick ins nahe Allgäu. Vor allem auf das Wasserhindernis links vom Grün und auf den Bunker rechts davon ist zu achten. Eine spannende Aufgabe, die ein hoch geschlagenes Eisen mit genug Backspin verlangt, damit der Ball auch liegen bleibt. Diese Bahn kann einem nämlich die Chance auf ein Hole in One bieten.

Bartls Abschlag landet im Teich. Das ärgert ihn. Für die Zwei braucht er daher fünf Schläge.

Die Bahn Drei ist ein Dogleg nach rechts, das nach dem ersten ebenen Teil nach rechts zum Grün abfällt. Der erste Schlag mit dem Blick auf den Säntis sollte Mitte Fairway landen. Um die Spannung zu erhöhen, bewachen zwei Bunker das Grün, rechts macht ein grobes Rough das Finden des Balles unmöglich und links fällt das Gelände jählings zum nahen Wald ab.

Hier gelingt ihm, nachdem er mit dem zweiten Schlag auf dem Green ist, ein Birdie. Etwas besser gelaunt, macht er sich auf zum Abschlag der vierten Bahn. Dieser liegt auf einem künstlichen Hügel, der höchsten Stelle des Platzes.

Vom Abschlag richtet sich der Blick auf den gegenüberliegenden Sulzberg und man spielt blind auf das Fairway. Die gesamte linke Seite ist ein Wasserhindernis, rechts liegt die Bahn Sieben. Das Ziel ist ein gewaltiger Carry, der bei etwa 200 Meter optimal zum Grün liegen sollte. Auch hier bewachen drei mächtige Bunker das Grün, hinter dem ein äußerst aufnahmefähiger See auf deinen Ball lauert.

Der erste Schlag will gut platziert sein. Bartl bückt sich, setzt den Ball auf das Tee, macht einen Probeschwung, setzt ab und atmet tief durch. Auf den Schlag konzentrieren, Schlägerkopf kontrollieren, Haltung und Richtung beachten, den Ball anschauen und zum Schlag ausholen, eine komplexe Handlung, die er recht gut beherrscht. Gerade als der Schläger den Scheitelpunkt des Schwungs erreicht hat, hört er einen Schuss. Dass ein Projektil mit dem Kaliber 7,62 Magnum seinen Schädel zerfetzt, nimmt er nicht mehr wahr.

Auf der Terrasse des Clubhauses, auch bekannt unter dem Begriff das „19. Loch", ist noch viel Betrieb. Das „19. Loch" ist bei allen beliebt. Der Name regt öfters zu deftigen Scherzen an, aber grundsätzlich ist das Clublokal Umschlagplatz für Neuigkeiten. Gerüchte werden täglich hochgekocht, Tratsch und Klatsch haben immer Saison. Die Tische sind mit den üblichen Leuten, die im Sommer jeden Freitagnachmittag zur gleichen Zeit spielen, voll besetzt.

Da sind die drei Brüder aus Dornbirn, die immer akribisch ihr Spiel analysieren und die Scorekarten gleich danach wütend zerreißen, weil sie sich nicht einigen können, wie man das Spiel schönreden soll. Als Ingenieur, Arzt und pensionierter Hofrat des Schuldienstes sind sie auch zu unterschiedlich, um beim Golfspiel überhaupt eine halbwegs ähnliche Sichtweise an den Tag zu legen. Vor allem liegen sie sich heute wegen eines in den falschen Bag geratenen Eisens, das dann beim Betreffenden zu einem miserablen Schlag geführt hat, in den Haaren. Der Ingenieur ist auf seinen Arztbruder recht sauer. Dennoch spielt man jeden Freitag zusammen.

Das sogenannte Quartett, wichtige Unternehmer der Gegend, ist auch da. Sie schimpfen wie so oft über den schlechten Zustand des Platzes. Dass sie aber als notorische Verweigerer der gängigen Platzregeln und Etikette die Hauptverursacher der Platzschäden sind, kommt ihnen nicht in den Sinn. Es sind immer die anderen. Als Investoren sind sie im Tal wichtig und tonangebend. Die Gruppe setzt sich aus einem Hotelier, einem Bauunternehmer, einem Anwalt und dem Landwirt zusammen, der sich, wie immer, erst später zur Freitagsrunde gesellt.

Am Damenstammtisch geht es hoch her. Einerseits wegen einer hitzigen Diskussion über die Auslegung von Golfregeln, andererseits weil schon viele Aperol Spritz konsumiert wurden. Eine gefährliche Mischung: Alkohol und Regelkunde vom Hörensagen. Natürlich sorgen auch die neuesten Bekleidungstrends, die im Golfshop angeboten werden, für Gesprächsstoff. Schließlich will man auch am Green immer frisch und stylisch wirken. Die Betreiberin des Golfshops wird heftig kritisiert. Kleidungsfragen am Golfplatz können rasch zu Neidkomplexen bezüglich der Figur ausarten. „Nix zugeben“, lautet das Motto.

Auch die Golfspieler aus dem in der Nähe gelegenen Hittisau sind da. Der Bürgermeister, Wirte, Landesbedienstete und Bauern, deren Kühe von anderen gemolken werden. Sie alle frönen dem Golfspiel am Freitagnachmittag. Sie nutzen es zum Austausch über die neuesten Ereignisse in ihrer Gemeinde: Wachstum im Gastgewerbe, leer stehende Bauernhöfe, wer wem einen Grund abkaufen will und wie es um die Geschäfte im Allgemeinen und im Besonderen steht. Man munkelt viel, immer hinter vorgehaltener Hand.

Natürlich ist auch der Tisch des Präsidenten voll besetzt. Der Rest der Tische ist mit Touristen gefüllt, die das Spiel auf dem landschaftlich schönen Platz genossen haben und nun den Tag ausklingen lassen.

Als Sepp von der Tannen eintrifft, wird er mit großem Hallo! begrüßt. Er setzt sich an den Präsidententisch und bestellt seine übliche Mischung, Bier und Schnaps. Die Runde ist in die Turnierplanung vertieft. Fast jeder hat etwas zum Schreiben und einen Kalender vor sich liegen.

„Hast du denn überhaupt keine Zeit mehr zum Spielen, man sieht dich in letzter Zeit sehr selten auf dem Platz?", erkundigt sich der Präsident bei Sepp.

Sepp jammert über die Arbeit, die ihm derzeit zu schaffen macht. Er meint, für den Rest des Sommers würde er sich vielleicht wohl mehr dem Golfen zuwenden können. Das Thema Arbeit will er nicht weiter vertiefen. Sepp interessiert sich vielmehr für das Präsidententurnier. Er beteiligt sich an den Gesprächen über die Gestaltung des heurigen Turniers. Das Reden fällt ihm schon etwas schwer. Der viele Alkohol, den er schon tagsüber getrunken hat, zeigt Wirkung. Alle am Tisch sind sich einig, dass es heuer ein ganz besonderes Turnier werden soll. So unter dem Motto: Wir sind doch die Besten. Alkohol fließt in Mengen, es wird immer lauter, man redet durcheinander und kaum einer hört dem anderen zu.

„Ich übernehme heuer das Hauptsponsoring des Turniers!", wirft Sepp lautstark in diese angeheiterte Stimmung ein.

Gejohle und Applaus setzen ein, eine Stimmung fast wie am Fußballplatz. Denn jedes Jahr ist man froh, wenn sich einer für das Sponsoring des Turniers findet, der auch bereit ist ordentlich in die Taschen, natürlich in die eigenen, zu greifen.

Kurz vor Mitternacht verlassen die letzten Gäste, mehr oder minder stark betrunken, das „19. Loch". Auf dem Parkplatz verabschiedet sich Franz Alge überschwänglich von Sepp und bedankt sich wortreich für die Übernahme des Sponsorings. Er versichert ihm, dass sie gemeinsam mit dem Wirt des Clubhauses einen Flight bilden werden. Vielleicht sei Bartl auch dabei.

#02

Wie jeden Tag während der Golfsaison fährt Jakob Hirschbühl im Morgengrauen zum Golfplatz. Als Chefgreenkeeper ist für ihn so gegen fünf Uhr Arbeitsbeginn. Seine Mitarbeiter kommen etwas später. Bevor die ersten Spieler eintreffen, kontrolliert er den Platz auf Sauberkeit und beginnt mit den Mäharbeiten. Als er aus seinem Auto steigt, wundert er sich, dass auf dem Parkplatz vor dem Clubhaus einsam und verlassen ein weißer VW Tiguan steht. An vergessene und verlorene Sachen ist er ja gewohnt, aber dass ein Auto über Nacht auf dem Parkplatz stehen bleibt, ist komisch. Fast gleichzeitig trifft auch der Wirt des „19. Loches" ein. Ein schräger Typ, etwas schmuddelig, ein hervorragender Koch und Charmeur, der die Gastwirtschaft im Clubhaus seit Jahren zur Zufriedenheit aller führt.

„Guten Morgen!", begrüßt Jakob den Wirt, der noch recht verschlafen dreinschaut. Vermutlich ist es gestern wieder spät geworden, denkt Jakob, als er ihn fragt, was es mit dem verlassenen Auto auf sich hat.

„Das Auto kenne ich, das gehört dem Bartl, wundert mich jetzt aber, er ist gestern nach dem Spiel nicht mehr ins Lokal gekommen. Seltsam."

Der Wirt meint, dass sich das schon klären wird. Mit dem Hinweis auf seinen Arbeitsbeginn in der Küche verabschiedet er sich und wünscht Jakob einen schönen Tag.

Auch Jakob macht sich auf den Weg. Er verschwendet keinen Gedanken mehr an das Auto. Er begibt sich zu den Garagen für die Mähfahrzeuge und beginnt sein Tagewerk mit den Mäharbeiten bei den ersten neun Bahnen.

Langsam geht die Sonne auf. Es wird wieder ein brütend heißer Tag. Überhaupt ist das trockene Wetter ein Problem. Auf den Bahnen sind die ersten braunen Flecken schon sichtbar.

Gerade als er den Weg zum vierten Loch anfährt, bemerkt er, dass sich vom Abschlag ein Fuchs wegschleicht. Da gilt es nachzuschauen. Füchse schleppen immer wieder Kadaver an, die man schleunigst entsorgen muss. Der Anblick von gerissenen Hühnern oder zerfetzten Lämmern ist den Spielern nicht zumutbar. Es stinkt auch entsetzlich. Jakob steigt von seinem Mähfahrzeug, um den Abschlag genauer in Augenschein zu nehmen. Bei dem unerwarteten Anblick erstarrt er, kommt ins Taumeln und muss sich auf der Stelle übergeben. Vor ihm liegt mit verrenktem Körper, zerfetztem Schädel und angefressenem Hals ein Golfspieler, den Driver noch in der Hand. Hautfetzen, Knochensplitter und Blut sind auf dem gepflegten Rasen des Abschlags deutlich sichtbar. Ein Strohhut tanzt, vom Wind getrieben, in diesem grausigen Szenario. Eine Riesensauerei. Nachdem sich Jakob die Seele herausgekotzt hat, besinnt er sich darauf, dass er etwas unternehmen muss. Er setzt sich in sein Mähfahrzeug und rast wie vom Teufel verfolgt in Richtung Clubhaus.

Kalkweiß im Gesicht schleppt sich Jakob zum Büro. Cindy, der gute Geist des Golfplatzes, hat gerade aufgesperrt und frohgelaunt mit der Arbeit begonnen. Sie braucht eine Viertelstunde und drei Schnäpse für Jakob, bis es ihr gelingt, aus dem schockierten und traumatisierten Chefgreenkeeper die Botschaft, dass ein zerfetzter Toter auf dem Abschlag Vier liegt, einigermaßen klar und verständlich herauszubekommen. Ein dringender Notruf an die nächstgelegene Polizeiinspektion in Hittisau steht an.

Samstag in der Früh, noch nicht sieben Uhr. Friedl Natter hat gerade seine fünf Kühe gemolken und die Hühner versorgt. Er verlässt den Stall und ist auf dem Weg in den Wohnbereich seines Bauernhauses. Friedl leitet die Polizeiinspektion Hittisau und hat mit Sandra Dorner seit einigen Wochen eine neue, kompetente und gut aussehende Mitarbeiterin. Die Dienststelle ist eine von mehreren in der Talschaft. Sie ist auch für die Gemeinden Krumbach und Riefensberg zuständig. Nebenbei betreibt Friedl eine kleine Landwirtschaft, die er von seinem Onkel geerbt hat. Er ist in Hittisau aufgewachsen, hat das Gymnasium in Egg besucht und dann, weil ein Wälder den Wald nicht gerne verlässt, die recht kurze Ausbildung zum Polizisten gemacht. Nach ganz wenigen Wanderjahren an verschiedenen Polizeidienststellen in Vorarlberg, hat er die Leitung der Polizeiinspektion Hittisau übernommen. Er ist jetzt dreißig Jahre alt. Die Karriereleiter will er nicht mehr höher klettern. Hier ist er zu Hause, kennt Gott und die Welt, kann seinem Lieblingssport, dem Mountainbiken, nachgehen und eben die Landwirtschaft seines Onkels weiterführen. Sein Handy läutet. Sandra, die Frühdienst hat, ist dran.

„Was ist los, wo, wie, Zefix! Ja, bin schon auf dem Weg!" Ohne zu duschen wirft er sich in die Uniform, schwingt sich aufs Fahrrad und radelt von seinem Anwesen durchs Dorf zur Dienststelle. Sandra wartet bereits im startklaren Einsatzfahrzeug mit eingeschaltetem Blaulicht und Folgetonhorn.

„Guten Morgen! Ja, tatsächlich, ein angeblich grauenhafter Leichenfund auf dem Golfplatz in Riefensberg-Sulzberg“, begrüßt sie ihren Chef.

Friedl lässt sich in den Sitz fallen und gibt etwas außer Atem mit einem Kopfnicken zu verstehen, dass Sandra losfahren soll.

Eigentlich ist die Wegstrecke zum Golfplatz von Hittisau über Krumbach nach Riefensberg am frühen Morgen recht schön zu fahren. An diesem Morgen ist den beiden Polizisten aber nicht nach Betrachtung und Bewunderung der Landschaftsidylle und dem wundervollen Ausblick auf Sulzberg in der Morgensonne. Friedl verkneift sich Erklärungen zu den Gebäuden, Straßen und Menschen am Wegrand, die er sonst für seine neue Kollegin parat hat. Still ist es im Polizeifahrzeug.

Beim Golfplatz angekommen, treffen sie Cindy und Jakob, den Wirt und auch schon den Präsidenten des Clubs, Franz Alge, auf der Terrasse des Clubhauses an. Cindy ist die gefassteste von den Vieren und schildert knapp und präzise, wo der grausig zugerichtete Tote zu finden ist. Jakob berichtet stotternd, wie schrecklich das alles ausgesehen hat und auch vom Fuchs, der sich über den Toten hergemacht hat. Sie sind sich einig, dass es sich bei dem Toten nur um Bartl Moosbrugger handeln kann, da der am Abend immer als Letzter spielt, sein Auto über Nacht auf dem Parkplatz gestanden ist und er eben nicht wie üblich nach der Golfrunde noch im Clubhaus bei der Gruppe der Unternehmer auf ein Bier vorbeigeschaut hat. Friedl ordnet an, dass niemand weggehen darf, bis es weitere Informationen gibt, und macht sich mit Sandra auf zum Abschlag der vierten Bahn. Um schneller vor

Ort zu sein, nehmen sie einen von den herumstehenden Carts.

Sie nähern sich dem Tatort, auf alles gefasst. Dennoch fährt ihnen beim Anblick des Toten der Schreck in die Glieder. Friedl und Sandra betrachten das Szenario aus der Distanz von mehreren Metern. Ein Hauch von Verwesung liegt schon in der Luft. Kein schöner Anblick.

„Verständige bitte die Spurensicherung. Sie sollen so schnell wie möglich anrücken. Wir sichern inzwischen großräumig den Fundort ab. Dazu muss ich zurück und unseren Wagen holen."

„Ja, ja und ich darf allein dableiben." Sandra ist verunsichert und verärgert. Die Nähe von Toten ist nicht ihr Ding.

„Ich beeil mich eh. Und ruf bitte auch den diensthabenden Arzt für die Leichenbeschau und den Bestatter an", und schon ist Friedl weg.

Kurze Zeit später steht das Einsatzfahrzeug in der Nähe des Fundortes. Friedl und Sandra schnappen sich Stangen und mehrere Rollen Absperrband und sichern das Gelände weiträumig ab.

„Gut so! Hier gibt es nichts mehr zu tun, bis der Arzt und die Spurensicherung kommen. Lass uns zu den Herrschaften im Clubhaus zurückkehren", sagt Friedl, als er die Reste des Absperrbandes im Auto verstaut.

„Ja, da können wir erste Eindrücke gewinnen. Mich wundert, dass der Präsident schon so schnell vor Ort ist?", stellt Sandra fragend fest.

„Ach, der ist ein Zugeraster aus Bregenz und kleinkariert, nimmt alles sehr genau, liegt wohl an seinem Zivilberuf, er ist Lehrer für Mathematik. Cindy wird ihm schon Dampf gemacht haben, dass er als Verantwortlicher vor Ort zu sein hat."

Mit fragenden Gesichtern werden sie empfangen.

„Also", beginnt Friedl, „wir sind uns sicher, dass es sich bei dem Toten um Bartl Moosbrugger handelt. Ich habe im Bag seine Geldtasche und seinen Führerschein gefunden und eure Aussagen deuten ja auch in diese Richtung." Allgemeines Nicken.

„Die Spurensicherung und der Arzt sind schon verständigt, sie werden sich um den Toten kümmern", ergänzt Sandra.

Mit der Anordnung, dass der Golfplatz bis Montag in der Früh komplett gesperrt bleiben muss, fordert sie Herrn Alge auf, entsprechende Maßnahmen zu setzen. Dem Präsidenten klappt der Unterkiefer herunter und der Wirt schüttelt den Kopf.

„Das können wir nicht machen. Den Spielbetrieb über das ganze Wochenende einstellen, das treibt uns in den Ruin", entrüstet sich der Präsident.

„Können wir nicht wenigstens die Bahnen zehn bis achtzehn in Betrieb halten?", versucht es der Wirt des „19. Loches" mit einem Kompromissvorschlag. Aber auch auf diesen Vorschlag gehen Friedl und Sandra nicht ein.

„Nichts da, der Platz bleibt bis Montag Früh gesperrt!"

Etwas versöhnlicher fügt Friedl hinzu, man muss ja nicht gleich ein Schild anbringen, „wegen Mordfall gesperrt". Es reicht vielleicht die Formulierung „Sperre wegen eines Hole in One". Mit dem Golfspielen hat er es nicht so.

„Und übrigens, Herr Präsident, stellen Sie uns bitte bis

Montag Früh eine Liste aller Leute zusammen, die Sie am Freitagabend hier am Platz gesehen oder getroffen haben. Wenn möglich vollständig!" Alge nickt zerknirscht.

Nach diesem kurzen Schlagabtausch ist klar, wer hier in den nächsten Tagen das Sagen hat. Cindy will noch wissen, ob es sich tatsächlich um einen Mord handelt.

„Fakt ist, wir haben eine männliche Leiche, die durch einen Kopfschuss getötet wurde. Details werden nach der Totenbeschau und dem Bericht der Spurensicherung auf dem Tisch liegen. Nach Selbstmord sieht mir das jedenfalls nicht aus", antwortet Friedl.

Die Aussage stellt den Präsidenten, die Sekretärin und den Wirt in ihrer Neugierde zufrieden. Wenigsten fällt dem Wirt endlich ein, den beiden Polizisten Kaffee anzubieten. Nach einer kurzen Verschnaufpause mit einem anständigen Kaffee und frischen Croissants, trifft auch schon der unauffällige graue VW Kombi der Spurensicherung ein, gleichzeitig mit dem diensthabenden Arzt.

In einem kurzen Tatortbriefing wird die Vorgangsweise zur Aufklärung des Todes von Bartl Moosbrugger festgelegt. Die Spurensicherer durchkämmen das Gelände im Umkreis von einem Kilometer. Falls sie nach den ersten Eindrücken Verstärkung brauchen, wird ihnen diese vom Landeskriminalamt in Bregenz zugesichert. Der diensthabende Arzt untersucht den Toten, erstellt einen Bericht und kümmert sich darum, dass der Leichnam in die Pathologie nach Feldkirch gebracht wird. Nach mehreren Telefonaten und verschiedenen Rücksprachen wird Friedl Natter vom Landeskriminalamt beauftragt, den Aufklärungsvorgang von der Polizeiinspektion Hittisau aus zu koordinieren und Befragungen vorzunehmen.

Wenn nötig, stellt man ihm zusätzliche Mitarbeiter zur Verfügung, was wegen der Ferien und des Beginns der Festspiele aber recht schwierig sein dürfte. Auch der diensthabende Staatsanwalt wird informiert. Die Information an die Medien über den Vorfall will man kurz halten. Zweckdienliche Hinweise an die Polizeiinspektion Hittisau sind erbeten.

Es war Samstag und Hochsommer, viele Menschen auf Urlaub, eine ruhige Zeit. Dennoch, was passiert ist, wird wie ein Lauffeuer durchs Land gehen. Spekulationen in den elektronischen Medien werden losbrechen. Damit muss man heutzutage leben.

Mittlerweile ist es kurz nach zehn Uhr, Friedl und Sandra verabschieden sich und machen sich auf den Weg zu Bartls Sohn. Die Todesnachricht muss überbracht werden.

Alles Weitere dann am Montag: Berichte der Spurensicherung, der Pathologie und die Liste des Präsidenten mit den Golfspielern vom Freitagabend sollen bei Inspektor Natter in Hittisau auf dem Tisch liegen und die Befragungen beginnen.

„Wo finden wir den Sohn von Bartl Moosbrugger?"

„Lass das nur meine Sorge sein. Zwischen Müselbach und Riefensberg kenne ich hier jeden. Bin schließlich hier aufgewachsen."

Friedl informiert Sandra über die Familie Moosbrugger. Bartls Sohn wird Seftone gerufen, das ist Wälderisch für Josef Anton. Das Anwesen der Moosbruggers liegt im östlichen Ortsteil von Hittisau, in der Parzelle Brand. Dort bewirtschaften sie einen großen Hof. Bartl hat sich, nachdem er die Landwirtschaft an seinen Sohn übergeben hat, auf dem Grund daneben ein eigenes Haus gebaut. Seftone ist verheiratet, ob er Kinder hat, weiß Friedl nicht. Der alte Moosbrugger, also Bartl, ist Witwer.

„Er lebt allein", beendet Friedl seinen Bericht.

„Wow, deine Ortskunde ist enorm. Für mich ist es noch recht ungewohnt hier in Hittisau. Der Dialekt und überhaupt, wie mit Frauen umgegangen wird, ist für mich echt gewöhnungsbedürftig."

„Das mit dem Dialekt verstehe ich ja, in der Stadt, am Land, wo du herkommst, ist er ja nicht so stark ausgeprägt. Was meinst du damit, wie mit den Frauen umgegangen wird?"

„Na ja, die Männer sind entweder maulfaul, reden kaum was oder sind unverschämt direkt. Einen Mittelweg scheinen sie nicht zu kennen."

„Stimmt! Diplomatie ist bei uns eher ein Fremdwort. Hast du da schon Erfahrungen gemacht? Läuft da vielleicht etwas mit einem Wälder?"

„Sei nicht so direkt", Sandra lacht, ist aber gleich wieder ernst.

„Mein Privatleben geht dich eigentlich gar nichts an. Aber wenn du es unbedingt wissen willst, ich lebe zusammen mit meinem Freund in Dornbirn."

Das private Gespräch versiegt. Schweigend nimmt Friedl die letzten Kurven, die zum Hof der Moosbruggers führen. Todesnachrichten zu überbringen ist eine schlimme Pflicht im Polizeiberuf. Er ist gespannt, wie es Sandra dabei ergeht. Sie ist erst ein paar Wochen im Dienst und hat noch keinerlei Erfahrung. Nur das bisschen

Theoriewissen, das einem in der Polizeischule beigebracht wird. Obwohl, bei der Auffindung der Leiche hat sie sich professionell verhalten.

Der Hof der Moosbruggers ist groß. Ein schönes Wohnhaus mit angebautem Stall für mindestens 40 Kühe. Der Stall ist neu, hier sind EU-Fördermittel geflossen. Das Wohnhaus ist zweistöckig, geschindelt, mit grünen Fensterläden. Im klassischen Stil des Bregenzerwaldes gebaut. Weit ausladend, um die 150 Jahre alt und frisch renoviert. Man sieht, dass es diesem Bauern gut geht.

„Lass uns gleich ins Haus hineingehen. Es ist später Vormittag, da finden wir Seftone eher bei der Büroarbeit. Die Arbeit im Stall wird er schon erledigt haben. Die meisten Kühe sind im Sommer sowieso auf der Alpe."

Sandra folgt Friedl ins Wohnhaus. Türen sind im Wald selten verschlossen. Eine Gewohnheit, die sich trotz vieler Einbrüche auch heute noch hält. Vom Vorraum aus sehen sie rechter Hand eine offene Tür und Seftone bei der Arbeit am PC.

„Servus, Seftone, bleib sitzen!"

Friedl stellt Sandra vor. Beide reichen ihm die Hand zum Gruß.

„Friedl, was führt dich zu mir? Brauchst du etwas Nachhilfe für deinen kleinen Bauernhof?", eröffnet Seftone, zum Scherzen aufgelegt, das Gespräch.

„Nein, nein, sei unbesorgt, die Landwirtschaft mit den paar Kühen macht keine Probleme. Es ist etwas anderes, das uns zu dir führt." Friedl atmet tief durch.

„Dein Vater wurde am Golfplatz tot aufgefunden. Vermutlich ermordet."

So, jetzt ist es gesagt. Friedl setzt sich vor Seftone auf

die Tischkante. Sandra bleibt seitlich am Fenster stehen. Seftone schaut verblüfft. Er versucht die Botschaft zu verkraften. Es dauert eine gefühlte Ewigkeit, bis Seftone die Sprache wieder gefunden hat. Stockend, den Tränen nahe, fragt er nach den näheren Umständen. Friedl kann ihm nicht viel berichten. Nichts anderes, als er selbst in den letzten Stunden gesehen und gehört hat.

„Darf ich dich was fragen, es passt zwar jetzt nicht, bringt mich aber vielleicht weiter."

„Nur zu", antwortet Seftone zögerlich.

„Wie war eigentlich dein Vater, ich kannte ihn ja nur vom Sehen?"

„Wie war mein Vater, eine gute Frage. Das weiß ich vermutlich selbst nicht. Die ganze Schulzeit habe ich im Internat verbracht. Bis zur Matura in der Mehrerau in Bregenz. Danach war ich in der landwirtschaftlichen Fachschule in Schlierbach. Einmal bei den Zisterziensern, immer bei den Zisterziensern. Schlecht war es nicht. Von dort stammte meine Mutter und wir haben in der Gegend auch Verwandte. Dann folgten mehrere Jahre im Ausland. Auf Farmen in Neuseeland und Kanada. In Kanada habe ich meine Frau kennengelernt. Als wir nach Hittisau zurückgekommen sind, war meine Mutter bereits schwer krank und ist bald gestorben. Vater hat mir, nachdem die schwerste Zeit hinter ihm lag, den Hof und die Alpen überschrieben. Für sich hat er ein kleines Haus nebenan bauen lassen. Da, wenn du zum Fenster hinaus schaust, siehst du es."

Dort steht, unweit des Hofes, eines dieser quaderförmigen Holzhäuser, die in den letzten Jahren in Mode gekommen sind. Sie wirken irgendwie unpassend neben den prächtigen Bauernhäusern. Flachdachbauten gehören nicht in den Wald.

„Zu deiner Frage, meinen Vater habe ich eigentlich nicht wirklich gekannt. Ich war ja viel weg. Allzu gesprächig war Vater zu Hause auch nicht. Nur in Gesellschaft und auswärts war er anscheinend ein unterhaltsamer Typ, hier am Hof eher der wortkarge Patriarch."

„Dein, darf ich schon du sagen, Hof ist ja riesig ", klinkt sich Sandra in das Gespräch ein. Sie ist das übliche Duzen der Bewohner des Bregenzerwaldes nicht gewohnt.

„Wie ist dein Vater zu all dem gekommen?"

„Die Landwirtschaft war schon recht groß, als er sie von seinen Eltern übernommen hat. Die Alpen konnte er dazukaufen. Woher aber das viele Geld gekommen ist, weiß ich nicht. Er hat mit eigenem Holz seiner Wälder gehandelt. Wie dort die Geschäfte liefen, davon habe ich keine Ahnung. Darüber hat er auch nie geredet. Irgendetwas mit Bio und Ländlequalität. Sein Geschäftspartner ist der Sägewerksbetreiber Sepp von der Tannen. Da gleich unten in der Branderau an der Bolgenach." Mit dem Finger zeigt er Richtung Fenster.

„Irgendwann hat das dann aufgehört. Über den Grund wurde nie gesprochen. Wo mein Vater sein Barvermögen investiert hat, darüber weiß ich nichts. Gerüchte weisen auf den Golfplatz hin, dort haben wir auch Grundbesitz. Vater hat sich in Geschäftsdingen nie dreinreden und schon gar nicht in die Karten schauen lassen." Sandra setzt nach und will wissen, ob Seftone Kinder hat.

„Noch nicht, aber Annabell ist schwanger. Im Herbst ist es soweit. Derzeit ist sie bei ihren Eltern in Kanada. Im Sommer ist ja hier auf dem Hof nicht so viel zu tun."

„Lass gut sein. Wir lassen dich jetzt allein“, sagt Friedl, und steht dabei auf.

„Ist dir nicht aufgefallen, dass dein Vater letzte Nacht nicht zu Hause war? Du siehst ja direkt auf seine Haustüre“, fragt Sandra im Gehen.

„Wenn er nicht da ist, hat das nichts zu bedeuten. In den letzten Jahren wurde er zum lustigen Witwer und war peinlicherweise hinter jedem Rockzipfel her. Manchmal mit Erfolg. Das aber war seine Sache, die geht mich nichts an.“

„Wenn dir noch etwas einfällt, dann ruf mich an, jeder Hinweis ist wichtig. Hier hast du meine Karte. Das wird jetzt sicher schwer für dich sein. Das alles zu verkraften, braucht Zeit. Mach´s gut!“, verabschiedet sich Friedl anteilnehmend.

Friedl und Sandra verlassen den Hof und fahren Richtung Ortsmitte zur Polizeiinspektion. Sie ist in einem älteren Mehrfamilienhaus, das für diesen Zweck adaptiert wurde, untergebracht. Klein und bescheiden: Empfang, ein Büroraum mit anliegendem Besprechungszimmer, eine kleine Teeküche, Toiletten und am Ende des Ganges so etwas wie eine Arrestzelle. Diese wird meistens als Stauraum oder von Friedl als Schlafplatz genutzt, wenn die Nacht zu kurz ist und sich der Weg nach Hause nicht mehr lohnt.

„Bevor wir weitermachen, halte bitte beim Chinarestaurant. Ich brauche unbedingt etwas zu essen. Es ist nach zwei, wir sind schon seit sieben in der Früh auf dem Weg“, bittet Sandra.

Dem kann Friedl nur zustimmen. Die Segnungen der

Globalisierung, die langsam in den Bregenzerwald vordringen, muss man nutzen. Das Take-away des Chinesen ist ausgezeichnet. Essen können sie dann gegenüber im Büro, ohne neugierigen Fragen ausgesetzt zu sein. Friedl ist sich sicher, dass schon der halbe Ort vom Mord weiß. Beide machen es sich am Schreibtisch bequem und picken die gebratenen Nudeln aus den Pappbechern. Friedl scharf mit Huhn, Sandra süß-sauer mit Gemüse.

Nachdem der ärgste Hunger gestillt ist, nehmen sie die wenigen Fäden zu ihrem Fall auf. Friedl kramt den großen Post-it Block „Big notes for big ideas", den er zu Weihnachten von seiner Mutter geschenkt bekommen hat, aus der Schreibtischlade. Gemeinsam versuchen sie die ersten Erkenntnisse, die sie haben, systematisch zusammenzutragen. Bartl Moosbrugger, 60 Jahre alt, tot am Golfplatz aufgefunden. Umfeld nach außen sauber, aber doch der vage Verdacht auf undurchsichtige Geschäfte. Offen ist, wer ihnen darüber Auskunft geben kann. Sandra wirft ein, dass man in diesem Zusammenhang mit dem Präsident des Golfclubs reden muss. Einig sind sie sich, dass sie Seftone vorerst unbehelligt lassen können.

„Der tut mir richtig leid, bei so einem Vater. Irgendwie ein weggelegtes Kind, von einem Internat ins andere. Die Auslandsaufenthalte waren sicher auch kein Honiglecken. Und dann den Hof übernehmen, mit dem Vater in der Nachbarschaft."

„Ja, das sehe ich auch so. Ich glaube, dass der Mord nichts mit der Familie zu tun hat. Seftone scheint mir ein eher sanfter Charakter zu sein. Schade, dass wir seine Frau nicht kennenlernen durften", meint Friedl zur familiären Situation der Moosbruggers.

„Apropos Frau, den Weibergeschichten, wie sie Seftone anklingen hat lassen, müssen wir nachgehen", antwortet Sandra mit einem Augenzwinkern.

Damit sind sie für heute auch schon am Ende. Neues kommt nicht mehr hinzu. Der Tag war ja für eine kleine Polizeiinspektion ungewöhnlich genug. Überhaupt, ein Mord in einem Dorf, das noch nicht einmal eine Verkehrsampel oder einen Kreisverkehr hat, ist schon eine Seltenheit. Auf dem kleinen Vorplatz vor der Inspektion dankt Friedl Sandra für die gute Zusammenarbeit.

„Die Nadel im Heuhaufen werden wir gemeinsam schon finden. Bin gespannt, welche Ergebnisse wir von der Spurensicherung bekommen und was die Autopsie ergeben wird. Am Montag sehen wir weiter", gibt sich Friedl zuversichtlich.

Er wünscht Sandra ein schönes Wochenende. Sandra zwängt sich in ihren roten Cinquecento. Friedl besteigt sein Mountainbike und ist froh, dass seit Mittag die Kollegen in Egg Dienst haben. So bleibt wenigstens der Sonntag frei von der Polizeiarbeit.

In Gedanken versunken, radelt Friedl über den Dorfplatz. In der Mitte der Brunnen, ursprünglich als Tränke für das Vieh angelegt. Jetzt eher Zierobjekt. Eingefriedet ist der Platz mit der Pfarrkirche, der Krone und dem Hirschen. Er biegt in die Hauptstraße Richtung Osten ein, Gemeindeamt, Sennerei, Schule und Frauenmuseum ziehen an ihm vorbei.

Mit Sandra hat er eine gute Mitarbeiterin bekommen. Frisch von der Polizeischule, 25-jährig, zwar jung und unerfahren im Dienst, aber sie stellt sich geschickt an.

Das gefällt ihm. Sie ist wie er, groß und schlank, ein sportlicher Typ. Ihre rot gelockten Wuschelhaare sehen witzig aus. Die Uniform hat sie sicher nachbessern lassen. Er hat noch nie eine Kollegin gesehen, der die doch recht klobig geschnittene Uniform so gut steht. Vor allem das Uniformhemd.

Kurz nach dem Schiff und vor dem Ochsen erwacht er aus seinen Tagträumereien und erwischt gerade noch die Abzweigung auf Korlen zu, der Parzelle an der Westflanke des Hittisbergs. Ganz oben, knapp unter der Waldgrenze, befindet sich sein kleiner Bauernhof. Es war für ihn ein großes Glück diesen Hof zu erben. Friedl hätte nie damit gerechnet. Aber so konnte er als junger Erwachsener, nach Beendigung der Polizeischule, die kleine Wohnung, die er sich mit seiner Mutter geteilt hat, früher als geplant verlassen. Geholfen war dadurch beiden.

Zu Hause angekommen, begrüßt er zuerst seine fünf Kühe, die auf der knapp bemessenen Weide rund um das Bauernhaus wiederkäuend herumliegen. Montafoner Braunvieh mit Hörnern, eine alte Rasse, speziell für den Alpenraum gezüchtet. Sie sind sehr genügsam. Es ist noch etwas Zeit, bis sie zum Melken in den Stall getrieben werden müssen. Die gute Stunde will er nutzen um die Unordnung, die er am Morgen zurückgelassen hat, zu beseitigen. Und dann ist da noch der Garten. Auf den ist er besonders stolz. Im Frühjahr hat er sich im Vorgarten des Bauernhauses Hochbeete gebaut. Salat und Kräuter sind schon zum Ernten. Kohl und Kraut entwickeln sich prächtig. Gespannt ist er auf die Kartoffeln. Ob die was werden? Auch die Hühner müssen gefüttert und in den Stall getrieben werden. Bei diesem abendlichen

Ritual kann sich der Gockel wie ein richtiges Mistvieh aufführen.

Friedl melkt die Kühe, nach alter Sitte, noch von Hand. Der Bauernhof ist innen zwar schon fast vollständig renoviert, seine Einstellung zur Stallarbeit ist aber etwas museal. Die Landwirtschaft ist für ihn ein Hobby, der Ertrag zweitrangig. Die Melkarbeit entspannt ihn und geht im flott von der Hand. Ab und zu unterhält er sich auch mit seinen Tieren, die alle einen Namen haben. Vor allem beobachtet er sie. Kühe sind sensibel. Heute sind sie unruhig, als ob sie vom Geschehen im Tal etwas wüssten. Aber sie sind wohl eher unruhig, weil sie wissen, dass sie in gut einer Woche auf die Alpe kommen und mehr Auslauf und viel Gesellschaft haben werden.

Nach getaner Arbeit setzt er sich in den kleinen, wegen des Wildes umzäunten Garten vor dem Haus. Gämsen und Rehe, die den Hittisberg bevölkern, werden durch den Zaun abgehalten an den Früchten der Gartenarbeit zu naschen. Der Garten ist sein Lieblingsplatz, mit einem großen Holztisch, einer Bank und Stühlen, damit auch Gäste Platz finden. Hochbeete, Johannisbeersträucher, Wiesenblumen und ein kleines Backhäuschen vervollkommnen die Idylle. Frisch geernteter Salat mit eigenen Kräutern, dazu ein Paar Landjäger vom Kultmetzger aus dem Dorf, mit dem in der Talschaft kreierten Feigen-Dill-Senf und einige Scheiben seines selbstgemachten Schwarzbrotes mit Butter aus der örtlichen Sennerei, der er die Milch seiner Kühe liefert, helfen ihm den ungewöhnlichen Arbeitstag zu verarbeiten. Auch das Bier der Brauerei Egg tut seinen Dienst.

Die Sonne steht tief über dem Tal, als er ins Sinnieren

kommt. Der Wetterbericht für die kommende Woche verspricht ein Anhalten der Hitzeperiode. Der Blick von seinem Anwesen aus ist fantastisch. Er sieht den Ortskern von Hittisau, die zwiebelbetürmte Pfarrkirche zu den „Heiligen Drei Königen", die großen Gasthäuser und Hotels, die umliegenden Höfe und Sägewerke. Der ganze Ort liegt ausgebreitet vor ihm. Wenn er den Blick etwas hebt, kann er ins Tal hinausschauen. Egg, Schwarzenberg und Lingenau sind zu erkennen und Berge. Die ersten Lichter gehen an.

Und nun hat er einen Mord am Hals!

So hat er sich das nicht vorgestellt. Für ihn ist die Polizeiarbeit, so wie er sie bisher kennengelernt hat, in Ordnung. Verkehrssicherung, Ladendiebstähle, Aufklärung bei unbezahlten Hotelrechnungen, Bergungen von Alpinunfallopfern, Suche nach verirrten Paragleitern, Brände, Unfälle, das sind seine Tätigkeitsfelder. Auch Präsenz im Ort und Schlichtungen, bevor es zu Raufereien kommt, gehören dazu. Für ihn ist wichtig, dass seine Hobbys, das Mountainbiken und die Landwirtschaft, nicht zu kurz kommen. Nach und nach findet er sich damit ab, dass er nun mitten in einem Mordfall steckt. Vielleicht liegt es am zweiten Bier oder am aufkeimenden Ehrgeiz, jedenfalls will er die Herausforderung annehmen. Dunkelheit legt sich über das Tal, als Friedl mit dem Tag abschließt. Für Sonntag plant er eine Radtour ins Lecknertal. Den Kopf gilt es für die sicher schwere, kommende Arbeitswoche frei zu halten. Am Abend wird er sich ein wenig im Dorf umhören. Kartenspielen im Goldenen Adler kann vielleicht informativ sein.

#03

Alma, Brunella, Cäcilia, Dora und Elsa begrüßen ihn so freudig, wie das Kühe eben können. Friedl hat ein Auge für die Feinheiten ihres Ausdrucks. Saloppes Wedeln mit dem Schwanz, Blicke oder ein leises Muhen sind unter anderem Träger ihrer Botschaften. Es scheint, dass sie die Nacht ruhig verbracht haben. Flott macht er sich an die Melkarbeit, denn er hat heute, am Sonntag, noch allerhand vor. Kurz nach sieben Uhr sind die Kühe gemolken und auf der Weide vor dem Haus. Auch der Stall ist sauber und der Mist hinausgetragen. Die Hühner dürfen in den Vorgarten. Der Gockel Julius führt heute ein scharfes Regiment über seine sieben Damen. Nach der Dusche zieht Friedl das Radlerdress an und bereitet sich ein kleines Frühstück in seiner modernen, aber schlicht gehaltenen Küche. Als er sich auf sein Mountainbike schwingt, kommt ihm in den Sinn, dass er noch den hilfsbereiten Nachbarn über seine ganztägige Abwesenheit informieren muss, falls mit den Kühen etwas nicht in Ordnung ist. Gute Nachbarschaftsbeziehungen werden im Tal gepflegt. Und mit seinem Nachbarn, einem Vollerwerbsbauern, hat er besonderes Glück.

Endlich fertig, fährt Friedl die Serpentinen hinunter ins Dorf, biegt beim Schiff rechts ab und wählt dann, die Hauptstraße verlassend, den Weg nach links über die Bolgenach zur alten Holzbrücke. Dabei kommt er an Seftones Hof vorbei. Dieser liegt verlassen da, nichts ist zu sehen. Seftone wird in seinem Kummer wohl zum Sonntagsgottesdienst gegangen sein.

Es liegt eine anspruchsvolle, lange Tour vor ihm, die

eine gute Kondition erfordert, da einige knackige Anstiege zu bewältigen sind. Friedl macht solche Touren den ganzen Sommer über. Er ist gut trainiert und mit seiner Größe von knapp einem Meter fünfundachtzig hat er auf die Pedale auch eine ordentliche Hebelwirkung. Er genießt die kontinuierliche Anstrengung beim Radeln, den Blick Richtung Lecknersee und die wunderschöne Landschaft mit den Alpwiesen und den Wäldern.

Ein Pickup mit Jägern kommt ihm entgegen. Auf der Ladefläche ist ein kapitaler Sechzehnender zu sehen. Daneben sitzt, an die Fahrerkabine gelehnt, der stolze Weidmann, die Jagdwaffe wie einen Stock haltend. Friedl kommen Bilder von Nachrichtensendungen über den Nahen Osten in den Sinn. Aber auch, dass gefragt werden muss, ob am Freitagabend jemand einen Schuss gehört hat. Falls ja, wann? Sofort verscheucht er die Gedanken an die kommende Woche.

Bei der Höfle Alpe endet dann die Asphaltstraße und es wird etwas anstrengender. Vorbei an den Alpen Helmingen und Sura erreicht er die Scheidewang Alpe, die bewirtschaftet ist. Hier kann man sich für die Weiterfahrt mit Käse und Brot und dem typischen Radfahrergetränk, einem Radler, stärken, was Friedl auch gerne macht. Heute ist hier nicht viel los. Das Wetter scheint den meisten Mountainbikern wohl schon zu heiß. Nach der kurzen Rast führt ihn der Weg hinunter ins Gunzesriedertal. Dort biegt er rechts ab. Es folgt ein langer Anstieg, mit schönen Ausblicken, bis zur Höllritzer Alpe. Von dort geht es über Stock und Stein zur Wilhelminen Alpe, dem höchsten Punk der Tour, und weiter über Wirtschaftswege Richtung Balderschwang.

Im Talgrund nimmt es Friedl gemütlich. Sanft steigend geht es an der Bolgenach entlang. Er kommt ins Nachdenken. Dabei wundert ihn, dass sich seine Gedanken nicht wieder in Richtung des aktuellen Falles bewegen, sondern sich mit seinem Privatleben beschäftigen. Vielleicht überwindet er langsam die Krise, die sich breit gemacht hat, als seine Freundin ihn verlassen hat. Der Vorwurf, er sei ein Langweiler, kränkt ihn nicht mehr so gewaltig. Es scheint aufwärts zu gehen. Nicht nur bei der Radtour.

Kurz vor dem Anstieg zum Riedbergpass biegt er Richtung Scheuen Alpe ab. Von dort führt ihn ein gut befahrbarer Forstweg mit mehreren Steigungen zur Alpe Dinigörgen. Nun hat er nur noch eine kurze Schiebestrecke auf dem Weg nach Rohrmoos zu bewältigen, ehe er durch das Tal nach Schönenbach kommt. Er macht kurz Rast im Gasthof Egender für den zweiten Radler. Die berühmten Käsknöpfle mit Salat lässt er sausen. Auf einer Tour ist es schließlich nicht ratsam, sich den Bauch mit Spätzle vollzuschlagen. Die restliche Strecke führt ihn über Sibratsgfäll nach Hause.

Nach 60 anstrengenden Kilometern trifft er am frühen Nachmittag etwas müde, doch erholt und im Kopf frei für die kommende Arbeitswoche, bei seinem Anwesen ein. Friedlich liegen die Kühe beim Wiederkäuen in der Wiese. Die Hühner suchen den Schatten unter der Stiege beim Hauseingang. Am Abend spürt er die anspruchsvolle Radtour in den Beinen. Etwas widerwillig macht er sich daher auf den Weg zum Goldenen Adler, denn eigentlich hätte er den Abend lieber mit einem guten Buch verbracht, aber was man sich vorgenommen hat, muss auch ausgeführt werden, ist sein eiserner Leitsatz. Vielleicht erfährt man ja was. Und Hunger hat er auch.

Der Gasthof Goldener Adler ist eine einfache Wirtschaft, in der unterschiedlichste Menschen zusammenkommen, sich unterhalten und über Gott und die Welt reden können. Egal ob Arbeiter, Bauer oder Akademiker. Es kann und soll gejasst, diskutiert und philosophiert werden, Meinungen gehört und hinterfragt, aber auch mal eine stehengelassen werden. Einfach soll es sein, ehrlich und gemütlich. Neben einem gepflegten Bier oder einem guten Achtel gibt es ursprüngliche Kleinigkeiten mit regionalen Zutaten. Es muss sicher niemand verhungern. Es ist ein Anliegen des Goldenen Adlers, die althergebrachte einfache Gasthaustradition am Leben zu erhalten.

„Grüß Gott, Friedl!", wird er vom Wirt in Empfang genommen. „Schön, dass du kommst. Den ganzen Tag wird schon über den Mord an Bartl diskutiert. Ein Gerücht nach dem anderen wird in die Welt gesetzt." Der Wirt bittet ihn am Stammtisch Platz zu nehmen und fordert ihn auf für etwas Aufklärung zu sorgen, damit sich die Gerüchte in Grenzen halten.

„Ich bring dir was zu trinken, Bier, ja? Willst du auch was essen?"

„Ja, sicher, ich hab einen riesen Hunger."

Am Stammtisch und an den weiteren Tischen der Gaststube sitzen Männer der Straßenmeisterei, Arbeiter der

Sägewerke, Landwirte und Pensionisten, darunter auch der über 90 Jahre alte ehemalige Schuldirektor. Er ist schon etwas wirr im Kopf. Aber seinen ehemaligen Schülern beim Kartenspielen zuzuschauen, macht ihm immer noch Freude. Eine Gruppe ist am Jassen und bietet Friedl an, mitzuspielen. Friedl nimmt Platz und mischt die Karten. Am Sonntagabend sind es vor allem die körperlich hart Arbeitenden und Pensionisten, die sich noch das eine oder andere Glas im Goldenen Adler gönnen. Das Kartenspiel geht eher unkonzentriert vonstatten. Immer wieder werden Friedl Fragen gestellt. Er gibt sich wortkarg. Sein bescheidenes Wissen behält er für sich. Er will ja was hören.

„Schad ist es um den Bartl", wirft einer der Pensionisten ein.

„Viel hat er sich in den letzten Jahren um die Gemeinde gekümmert. Nicht so auf Öffentlichkeit aus, aber da eine Spende für die Blasmusik, hier eine Unterstützung fürs Frauenmuseum. Ja sogar für die Juppen- und Trachtenwerkstatt in Riefensberg hatte er was übrig."

Als sein Essen kommt, ein Pilzgulasch mit Semmelknödel, erlahmt das Kartenspiel vollends. Meinungen und Behauptungen zum Mord an Bartl werden in den Raum gestellt.

„Ja, für die Riefensberger hatte er unnötigerweise recht viel übrig. Er soll ja auch Geld in den Golfplatz gesteckt haben."

„Na ja, warum nicht? Dort hatte er Grund und Boden. Da ist auch Geld über die Pacht, die er kassiert hat, wieder hereingekommen."

Der Aussage, ein gewiefter Geschäftsmann sei er halt

gewesen, wird gleich entgegengehalten, dass bei seinem Tun sicher nicht alles in Ordnung war.

„Ich kann mir nicht vorstellen, dass man so viel Holz aus seinen Wäldern schlagen kann, wie bei uns im Sägewerk angeliefert wurde. Da war sicher etwas faul", weiß ein Sägewerksarbeiter zu berichten.

„Seid ihr ihm nun auch noch sein Geld neidig?", ertönt es vom anderen Ende des Raumes.

„Wo er konnte, hat er geholfen, der Bartl war schwer in Ordnung", ergreifen einige Landwirte für ihn Partei.

„Umtriebig war er halt. Wenn du auf den Straßen arbeitest, dann bekommst du viel mit. Wer, wann, wohin unterwegs ist. Bartl war viel unterwegs. Sein auffälliges Auto mit dem doofen Wunschkennzeichen „B-Bauer 1" hat man immer und überall gesehen."

„Dass er seine Frau so früh verloren hat, hat ihn schon etwas aus der Bahn geworfen." „Aber er hat es schnell verkraftet", wird erwidert.

„Ja, verkraftet. Ein Hurenbock ist er geworden!", wirft jemand feixend ein.

„Jeder ist er nachgestiegen." Über Bartls angebliche Sexualleben können sich die Herrschaften ordentlich in Rage reden.

„Sein Sohn tut mir leid. In jungen Jahren wurde er ins Internat gesteckt. Dann, gut ausgebildet, geht er in die Welt hinaus und bringt eine tüchtige Frau mit. Bartl hat an beiden nur herumgenörgelt. Es ist ein Übel, dass der so nahe bei der jungen Familie gebaut hat. Jung und Alt sollten sich nicht auf die Haustüre schauen können", wird die familiäre Situation kommentiert.

„Ein Halsabschneider war er. Überall hat er nur auf

seinen Vorteil geschaut und die Leute ins Eck gedrängt um sie auszubooten. So ist er doch zu seinen Alpen gekommen. Etwas Geld verleihen und wenn nicht pünktlich zurückgezahlt wurde, sofort mit dem Rechtsanwalt drohen und ein Übernahmeangebot auf den Tisch legen", wirft ein verbitterter Landwirt ein.

„Mein Hof wäre auch beinahe an ihn gefallen, nur weil ich so blöd war, bei ihm Geld zu borgen, statt bei der örtlichen Raiffeisenbank welches auszuleihen."

„Schau doch mal im Frauenmuseum vorbei, da erfährst du sicher etwas zu Bartls Weibergeschichten ", so der Ratschlag eines Straßenarbeiters.

Langsam reicht es Friedl. Er will keine klugen Ratschläge zu den Ermittlungen und Wichtiges ist auch nicht zu hören. Wie er zu Ergebnissen kommt, ist seine Sache. Bei Mordfällen scheint es wie beim Fußballspiel zu sein. Jeder ist ein Experte, Nationaltrainer oder Kommissar. Er denkt sich, für einige der Anwesenden wäre es sicher gescheiter gewesen, wenn sie zu Hause geblieben wären und sich den Tatort im Fernsehen angesehen hätten. Aber live beim Stammtisch dabei zu sein und seine Erkenntnisse einzubringen, ist halt schon was. Aufbrechen ist angesagt. Gehört hat er genug. Da kommt die Rede noch auf Bartls Geschäftspartner.

„Ja, ja, mit dem Sepp von der Tannen hat er sich gut verstanden", weiß ein Landwirt.

„Das ist schon richtig, aber doch eine Zeit her. Sein Holz lässt er nicht mehr wie früher nur vom Sepp verarbeiten. Auch andere Sägewerke werden beliefert", wird diese Aussage gleich hinterfragt.

„Ich glaube, die Freundschaft von den beiden ist

auseinander", meint einer der Anwesenden.

„Spitzbuben waren das, der Sepp und der Bartl!", wirft der alte Schuldirektor mit seiner Fistelstimme plötzlich ein.

„Richtige Spitzbuben! Dass aus denen noch was geworden ist, wundert mich noch heute. Und lügen konnten die, dass sich die Balken bogen."

Nach dem unvermuteten Beitrag zum Gespräch sinkt der Alte zusammen und verlegt sich wieder ganz aufs Zuhören.

„Da hat sich viel geändert. Bartl war oft mit dem Rechtsanwalt zu sehen oder mit dem Hotelier und dem Bauunternehmer. Am Golfplatz und in den Restaurants und Bars unserer Vierstern-Hotels gehen sie ein und aus und haben es wichtig", weiß man noch beizutragen.

„Aber Freunde sind die nicht, da kocht doch jeder sein eigenes Süppchen", wird sofort entgegnet.

Spät ist es geworden. Friedl geht zur Theke um seine Zeche zu zahlen.

„Danke, dass du heute Abend gekommen bist", spricht ihn der Wirt an.

„Jetzt konnten sie", er weist in Richtung Stammtisch, „ihre Meinung an kompetenter Stelle abladen."

„Keine Ursache, es war mir ein Anliegen zuzuhören."

„Viel hast du wirklich nicht beigetragen. Der Wacholder geht aufs Haus!"

Der Wirt fragt Friedl noch, wie er das alles schafft. Nächste Woche ist doch die Eröffnung der Bregenzer Festspiele und der Bundespräsident wohnt wieder im Schiff.

„Damit habe ich fast nichts zu tun. Der kommt mit

einer eigenen Sicherheitsmannschaft. Drei ausgemusterte Elitesoldaten des Heeres übernehmen seinen Schutz, und wenn es eng wird, ist die Cobra in Bereitschaft."

Er meint der Aufwand an Zeit und Arbeit ist gering. Einen kurzen Antrittsbesuch als Postenkommandant muss er halt machen. Der neue Präsident soll recht kommod sein. Nur der Protokollchef sei lästig, der untersucht sicher wieder jeden Faden und Knopf meiner Uniform, bevor ich vorgelassen werde, weiß Friedl lachend zu berichten.

„Die Vorverlegung und Verlängerung der Festspielsaison ist gut fürs Geschäft. Die Hotels sind alle ausgebucht. Ich profitier mit meinem alten Gasthaus auch. Das ganze Dorf hat was davon. Statt in der Kittelschürze gehen die Frauen in Festtagstracht zum Einkaufen und alle Vorplätze werden täglich gekehrt, nicht nur am Samstag. Es könnte ja sein, dass der Präsident einen Spaziergang durch den Ort macht", schmunzelt der Wirt.

Nachdem er den Wacholder getrunken hat, verabschiedet sich Friedl endgültig vom Wirt, der ihm alles Gute wünscht, natürlich mit der Anmerkung, dass das Neueste sofort den Weg in sein Gasthaus finden soll.

„Cherchez la femme", raunt er ihm noch beim Hinausgehen augenzwinkernd zu. Ob dieser Bemerkung etwas verwirrt, verlässt Friedl den Goldenen Adler. Er kann sie nicht einordnen. Ist das etwa eine Anspielung auf sein Junggesellendasein? Heute schon das zweite Mal, dass ihm dieses Thema unterkommt.

Müde radelt er nach Hause. Viel hat er nicht erfahren. Aber die Stimmung im Dorf, wie die Leute den Bartl eingeschätzt haben, das konnte er mitnehmen. Bartl scheint eine vielschichtige, schillernde Persönlichkeit gewesen zu sein. Heiliger, Hurenbock und tüchtiger Geschäftsmann. Da braucht man nicht nach Feinden zu fragen. In Korlen, auf seinem Hof, angekommen, wirft er noch einen Blick in den Stall, geht nochmals durch den Garten und rund ums Haus, bevor er sich zur Nachtruhe zurückzieht.

#04

„Guten Morgen! Wie war dein Wochenende? Gut schaust du aus!"

Mit Wunsch, Frage und Feststellung betritt Friedl die Inspektion. Ihm fällt gleich auf, dass seine Mitarbeiterin das erste Mal dezent geschminkt und mit lackierten Fingernägeln zum Dienst gekommen ist. Das steht ihr gut, geht es ihm durch Kopf. Ihr Gesicht, mit der schmalen Nase, wirkt dadurch noch hübscher.

„Ebenfalls guten Morgen!", erwidert sie den Gruß.

„Schwere Frage, turbulent war es. Ich habe meinen Freund aus der Wohnung geworfen. Dieser Schritt war schon lange überfällig", gibt Sandra trotzig von sich.

Friedl wirft ihr über den Schreibtisch einen Blick zu.

„Willst du darüber reden?", bringt er etwas zögerlich hervor, denn eigentlich will er sich ganz dem Mordfall widmen.

„Da gibt es nichts zu reden. Als Polizistin habe ich ihm den Marihuana-Konsum lange genug nachgesehen. Aber, dass er auch noch so eine irre Kifferin während meiner Abwesenheit am Samstagvormittag in unsere Wohnung geschleppt hat, brachte das Fass endgültig zum Überlaufen."

Sandra erzählt in groben Zügen von ihrem chaotischen Wochenende, achtet aber darauf, dass sie nicht zu viel preisgibt. Sie hat sich am Samstagabend mit einer guten Flasche Wein getröstet. Am Sonntag in der Früh ist sie zum Yoga gegangen. Sie ist überzeugt davon, dass Yoga fit, schön und glücklich macht, die Muskeln stärkt, das Herz-Kreislaufsystem aktiviert und Stress reduziert.

„So und jetzt bin ich da und wir lösen so rasch wie möglich den Mordfall", gibt sie sich kämpferisch. Ihr Privatleben will sie nicht weiter ausbreiten.

Gut so, denkt sich Friedl, kocht für beide eine Kanne Grüntee und stellt die Tassen zwischen ihre gegenüberliegenden Arbeitsplätze, während Sandra die PCs startet. Mit Frauen über Liebeskummer sprechen kann er nicht. Er ist auch froh, dass er sich keinen längeren Vortrag über Yoga anhören muss.

„Und übrigens, wenn du mir schon Komplimente machst, dein Bürstenhaarschnitt gehört gestutzt. So sieht das nichts mehr gleich."

Dabei betrachtet sie ihn kritisch. Friedl fährt sich mit den Fingern durchs Haar.

„Geht schon noch. So, Schluss jetzt mit den Äußerlichkeiten und den privaten Dingen, fangen wir mit der Arbeit an."

„Ja, schau her! Da waren während des Wochenendes alle recht fleißig. Der Bericht der Spurensicherung ist eingegangen, auch die Pathologie hat was geschickt. Und der Golfclubpräsident hat die Liste der Leute, die er am Freitagabend gesehen hat, übermittelt. Da können wir ja mit der Auswertung beginnen und einen Schlachtplan für die Ermittlungen erstellen", sagt Sandra mehr zu sich selbst als zu Friedl. Friedl hat schon die „Big notes for big ideas" zur Hand und fordert Sandra auf zu berichten.

„Also, der Präsident listet auf, dass er am Freitagabend am Golfplatz folgende Leute angetroffen hat: die drei Brüder aus Dornbirn, den Ingenieur, den Arzt und den Hofrat. Weiters waren da der Hotelier, der Bauunternehmer und der Anwalt. Auf den Bartl hätten sie vergebens gewartet. Der Damentisch bestand aus dem üblichen Flight, angeführt von der Besitzerin des Golfshops. Ich hoffe, du weißt, wer damit gemeint ist. Dann waren noch die Herrschaften um den Bürgermeister aus Hittisau anwesend. Und natürlich der Präsidententisch mit den Organisatoren des geplanten Turniers, da sei dann auch Sepp von der Tannen dazugekommen. Der Wirt und Cindy, die Sekretärin, und etliche andere Gäste, werden auch noch erwähnt", rattert Sandra die Informationen herunter.

„Als erstes würde ich gern mit dem Präsidenten reden, wie wir es am Samstag schon angedacht haben. Ich weiß nicht, wie so ein Golfplatz und Club organisiert sind. Vielleicht bringt uns das ein bisschen näher an Bartls Umfeld."

Sandra stimmt mit Kopfnicken zu, während sie den Bericht der Spurensicherung überfliegt. Friedl heftet ein Post-it an die Pinnwand.

„Die ganze Golfplatzgesellschaft vom Freitagabend können wir nicht befragen. Dazu fehlt uns die Zeit. Wir kontaktieren zur Überprüfung der Aussagen des Präsidenten einen der Brüder aus Dornbirn. Am besten den Hofrat. Alte Staatsdiener sind gute Beobachter." Ein weiteres Post-it wandert an die Pinnwand.

„Der Bericht der Spurensicherung ist interessant. Sie haben Folgendes herausgefunden: Aufgrund der ballistischen Untersuchungen stand der Schütze in circa 750 Meter Entfernung vom Opfer, am Waldrand oberhalb der Straße, die zum Golfplatz führt. Sie haben das Gelände abgesucht. Es gibt keine Fußspuren oder geknickte Äste. Gar nichts. Die Suche nach der Patronenhülse war auch vergebens", referiert Sandra.

Friedl pfeift durch die Zähne.

„Hier handelt es sich wirklich um einen Meisterschützen. Auf diese Distanz, am Abend kurz vor der Dämmerung, einen Schuss zu wagen, ist riskant oder es war ein Profi am Werk. Dieser Spur müssen wir nachgehen. Wer beherrscht eine Waffe derart perfekt?" Ein weiteres Post-it kommt dazu.

„Übrigens, das Projektil Kaliber 7,62 Magnum wurde gefunden, etwa 200 Meter unterhalb, im Fairway gleich neben dem Golfball, der von Bartl scheinbar noch geschlagen wurde. Die Spurensicherer vermuten ein Jagdgewehr als Tatwaffe. Das SSG 04 von Steyr könnte in Frage kommen, meinen sie. Ein absolutes Präzisionsgewehr, auch für Scharfschützen geeignet", setzt Sandra den Bericht fort.

„Da fällt mir ein, wir müssen fragen, ob jemand einen Schuss gehört hat, wenn ja, wann. Das könnte die Tatzeit etwas genauer eingrenzen. Von den Pathologen bekommen wir ja nur einen Zeitrahmen", merkt Friedl an.

Steile Furchen sind auf Sandras Stirn zu erkennen, als sie den Bericht weiter überfliegt.

„Arg Wichtiges steht nicht mehr drinnen. Auflistung der Kleidungsstücke, samt Strohhut und der Golfutensilien, keine weiteren Erkenntnisse."

Sandra nimmt den Bericht der Pathologie zur Hand.

„Bartl Moosbrugger, 60 Jahre, gute Konstitution, grundsätzlich gesund. Mageninhalt leichtes, gut gewürztes Nudelgericht mit grünem Salat, vermutlich zwischen 13 und 14 Uhr eingenommen. Kurz vor seinem Ableben hatte er Sexualverkehr, wahrscheinlich am mittleren

Nachmittag. Der Rücken weist frische Kratzspuren, von oben nach unten verlaufend, auf. Partikelspuren des Nagellacks Dior Vernis konnten darin festgestellt werden. Todesursache ist ein Kopfschuss mit großem Projektil. Eintritt rechte Schläfe, Austritt linke Schläfe. Durch die Gewalteinwirkung wurde der vordere Teil der Stirn weggerissen. Der verletzte Schädel weist auch Bissstellen durch ein oder mehrere Wildtiere auf. Es könnte sich dabei um Füchse handeln. Käfer, Ameisen und andere Kleintiere wurden am Körper gefunden. Der Tod sei sofort eingetreten. Todeszeitpunkt zwischen 19 Uhr und 19:30 Uhr."

„Da steht nichts drinnen, was wir nicht eh schon wissen", stellt Friedl fest.

„Mit den Erkenntnissen des Berichts finden wir schneller die Frau, mit der Herr Moosbrugger am Nachmittag Sex hatte, als den Mörder", stellt Sandra schmunzelnd fest.

„Zieh keine voreiligen Schlüsse. Wir wissen nicht, ob die Tat ein Mann oder eine Frau verübt hat. Es hat auch schon gelackte Mörderinnen gegeben. Wir ermitteln in alle Richtungen und schließen nichts aus", wirft Friedl etwas belehrend ein.

„Okay, du hast recht. Es könnte auch eine Frau dahinterstecken. Vielleicht auch eine, die ihm nahe stand?"

„So ist es. Aber Bartls Weibergeschichten haben wir mit ein paar Fragen gleich geklärt." Mit wem Friedl das klären will, verschweigt er.

„Post-it pickt eh schon an der Wand."

„Was hat man im Goldenen Adler geredet?"

„Dies und das. Bartl wird sehr unterschiedlich gesehen.

Heiliger, Hurenbock und tüchtiger Geschäftsmann sind so die Meinungen über ihn. Er scheint überall seine Finger im Spiel gehabt zu haben, Sepp von der Tannen kommt immer wieder vor. Den müssen wir uns vorknüpfen", berichtet Friedl vom Gasthausbesuch.

Friedl und Sandra werden unterbrochen. Eine aufgebrachte Frau kommt um den Diebstahl ihres Fahrrads zu melden, der gerade gegenüber beim Lebensmittelgeschäft passiert ist. Friedl kümmert sich um die Frau und nimmt die Daten auf. Er verspricht ihr, sich sofort bei ihr zu melden, sobald das Fahrrad auftaucht. Als passionierter Biker nimmt er solche Anzeigen besonders ernst und ärgert sich über so ein dreistes Verhalten gegenüber den umweltbewussten Mitmenschen. Während Friedl mit der Frau beschäftigt ist, erreicht Sandra ein Anruf vom Hotel Schiff mit der Bitte vorbeizukommen. Ein Gast hat sich ohne Begleichen der Rechnung aus dem Staub gemacht.

„Wenn wir uns weiter um solche Bagatellen kümmern müssen, kommen wir im Mordfall keinen Schritt weiter", seufzt Sandra, als sie Friedl berichtet, dass sie zum Schiff gerufen wurden.

„Halb so schlimm. Ins Schiff wollte ich sowieso. Vom dortigen Chef de Rang kann man viel erfahren. Und auf abhanden gekommene Fahrräder habe ich sowieso immer ein Auge. Mit der Besprechung sind wir eigentlich durch. Wir fahren auf dem Weg zum Golfplatz zuerst beim Schiff vorbei und schauen uns die Sache mit dem Betrug an. Hoffentlich treffen wir den Präsidenten am Golfplatz und bekommen einen Tipp, wie wir den Hofrat aus Dornbirn am besten erreichen."

„Okay, auf geht's!", gibt Sandra tatendurstig von sich. Beide verlassen die Inspektion. Gerade als sie zur Tür draußen sind und auf dem Vorplatz ins Auto steigen, läutet Friedls Handy. Er meldet sich mit Namen und Dienstrang. Sandra kann der eigenartigen Unterhaltung nicht folgen. Friedl hört angestrengt zu und antwortet wortkarg.

„Ja, Ja, … selbstverständlich Herr Oberst, … von höchster Stelle, … nein Sorgen muss man sich keine machen, … wird erledigt, … nein die Tourismuswirtschaft und die Festspiele nehmen keinen Schaden. Ach ja, der Bundespräsident … nein wird sicher nicht behelligt. Äh, Danke für den Hinweis auf die Partei, … ah, ja und den Bauernbund. Selbstverständlich … ja, sehr diskret. Wir ermitteln in alle Richtungen … Ja, danke auf Wiederhören!"

„Was war denn das jetzt?", will Sandra wissen, als sie das Polizeifahrzeug startet.

„Draußen am Land in Bregenz machen sich die Politbonzen Sorgen, ob wir wohl alles im Griff haben und diskret vorgehen, weil Bartl Moosbrugger auch hohe Funktionen im Bauernbund bekleidet hat. Ja und weil auch der Herr Bundespräsident zur Festspieleröffnung in Hittisau absteigt und so weiter und so fort. Schad um die Zeit war das jetzt und unnötig wie ein Kropf."

Der Parkplatz vor dem Hotel Schiff ist voll. Sandra parkt direkt vor der Eingangsstiege, was nicht allzu diskret ist. Aber was soll's, sie wurden ja gerufen. Bevor sie die Stiege hochgehen, macht Friedl sie auf den Falken aufmerksam, der sich hoch am Himmel von der Thermik des leichten Sommerföhns über den Hittisberg tragen lässt.

„Mit dem würde ich hin und wieder gerne tauschen."

An der Rezeption, die sich gleich links im Eingangsbereich befindet, werden sie von einer recht zerknirschten Empfangsdame begrüßt.

„Grüß Gott! Bitte erzählen Sie uns alles, was Sie wissen und was Sie wahrgenommen haben. Wir nehmen gleich das Protokoll auf und geben die Daten sofort zur Fahndung frei", übernimmt Sandra die Befragung.

Während der Begrüßung hat Sandra den Laptop schon hochgefahren. Flott tippt sie die Aussage der Empfangsdame in das Gerät. Jedes Polizeifahrzeug ist seit kurzem mit mobilen Kommunikationsgeräten ausgerüstet. Das erleichtert die Arbeit enorm. Die Aufnahme der Anzeige ist schnell erledigt. Ein Paar hat sich ohne Begleichung der Rechnung aus dem Staub gemacht. Ob die Personaldaten, die Autonummer und Kreditkarteninformationen stimmen, wird sich weisen. Auf jeden Fall ist die Personenbeschreibung der Rezeptionistin ausgezeichnet.

„Die werden schon gefunden", meint Sandra aufmunternd, als sie mit der Angelegenheit fertig sind.

Mittlerweile ist später Vormittag und der Mittagsbetrieb im Restaurant läuft langsam an. Friedl erkundigt sich bei der Empfangsdame, wo man den Igor finden kann. Sie weist Richtung Gaststube und sagt, dass er dort bei den Vorbereitungen zum Mittagessen anzutreffen ist.

„Igor gehört zum Inventar des Schiffs. Er stammt aus dem Burgenland und arbeitet seit über 30 Jahren hier. Ein feiner Kerl, wirst schon sehen", informiert Friedl Sandra auf dem Weg zur Gaststube.

In der Gaststube nimmt sie Igor, der gerade die Weinkarte durchgeht, herzlich in Empfang.

„Aber bitte, von so einer feschen Polizistin würde ich mich ohne Widerstand mit Handschellen abführen lassen“, scherzt Igor gleich los, als Friedl Sandra vorstellt. Sandra verdreht genervt die Augen. Männer, denkt sie und schüttelt lächelnd den Kopf.

Viel Betrieb ist noch nicht. An einem Fenstertisch sitzt der Kaminkehrermeister bei seinem spätvormittäglichen Verlängerten. Damit die Sitzbank nicht schmutzig wird, hat er die VN des Vortags unter seinem Hinterteil ausgebreitet. Einige Tische sind mit Ausflüglern besetzt, die noch nicht entschieden haben, ob sie zum Essen bleiben wollen. Mehrere junge Frauen im Dirndl sind damit beschäftigt die Tische herzurichten.

„Igor hast du etwas Zeit für uns?“

„Aber gerne! Ich bring euch zuerst einmal einen Kaffee und einen frischen Apfelstrudel, wenn's recht ist? Zeit ist heute zwar etwas rar. Setzt euch dort hinüber. Ich komme gleich, muss nur noch ein paar Anweisungen geben.“

Er begleitet sie zu der kleinen Nische gegenüber der Schank. Ein Platz für ungestörte Gespräche. Diskret, der Igor, wie immer. Nachdem Kaffee und Apfelstrudel serviert sind, setzt sich Igor zu ihnen.

„Was ist denn los?“, fragt Friedl.

„Der Herr Bundespräsident kommt mit Gattin zur Festspieleröffnung. Wie immer steigt er bei uns ab. Da sind alle im Haus etwas nervös. Es will halt ein jeder glänzen.“

„Apropos Bundespräsident, ich komm am Mittwoch zum Antrittsbesuch vorbei.“

„Gut. Das Hotel ist mit Gästen voll ausgelastet. Wir haben auch noch die Direktorentagung der höheren

Schulen im Haus. Ausgerechnet heuer beschäftigen sie sich mit Selbstfindung. In einer Tour laufen sie verloren durchs Haus und fragen sich gegenseitig nach dem Befinden. Die Leitung der Tagung hat so ein Schweizer Mentaltrainer inne, der mir nicht ganz geheuer vorkommt." Igor macht eine vage Handbewegung vor seiner Stirn.

„Aus der Gaststube habe ich sie schon verscheucht mit der Drohung, dass sie sich gleich mal im Suppentopf finden, wenn sie nicht aufpassen, wo sie hinlaufen. Vorträge über Pädagogik, wie sie das früher gemacht haben, das war noch was, und am Abend ein paar Flaschen Wein an der Bar", lacht Igor.

„Dann lass es uns kurz machen. Du bist doch so ziemlich über alles im Ort informiert. Was fällt dir zu Bartl Moosbrugger und dem Stichwort Weibergeschichten ein?"

„Ha, da könnt ich dir stundenlang Geschichten erzählen. Du willst aber sicher nur den aktuellen Stand der Dinge."

„Igor, fasse dich kurz!"

„Aber gerne!"

Igor beugt sich am Tisch vor, setzt eine verschwörerische Mine auf.

„Die aktuelle Flamme vom Bartl war die Walpurga von der Tannen, Sepps Frau. So schaut's aus", flüstert er.

„Wie sicher bist du dir da?"

„Ganz sicher. Er zeigte sich mit ihr bei uns öfter an der Bar. Meistens so um die Sperrstunde, halt wenn nicht mehr so viel los war. Schad ist's um ihn. Er war ein treuer Besucher unseres Hauses."

„Das war's dann. Danke für den Hinweis, wir machen uns auf den Weg."

Sie bedanken sich für Kaffee und Apfelstrudel und verabschieden sich vom Chef de Rang und fahren zu ihrem nächsten Ziel, dem Golfplatz.

„Das ist zumindest ein Hinweis auf ein Motiv. Einem die Frau ausspannen und das in so einer kleinen Gemeinde noch öffentlich zu machen, ist schon ein starkes Stück. Den gehörnten Ehemann müssen wir schon im Auge behalten“, überlegt Sandra beim Hinausgehen.

„Wenn da geschäftlich etwas schiefgelaufen ist und der Moosbrugger dem Von der Tannen dazu noch die Frau ausgespannt hat, ist das meiner Meinung nach ein ganz starkes Motiv“, setzt sie, beim Einsteigen ins Auto, gleich nach.

„Brems dich ein. Wenn Streitereien im Geschäftlichen und Wechsel im Sexuellen gleich zu einem Mord führen würden, dann hätte sich in den letzten Jahren in unserer Gegend die Bevölkerung halbiert. Du hast mit deinem Exfreund ja auch eine vernünftige Lösung gefunden.“

Sandra schweigt eine Weile. Ärger kriecht in ihr hoch. Sie will nicht an das Wochenende erinnert werden. Und dennoch, irgendwie hat Friedl ja recht, anders sagen hätte er es können. Friedl bemerkt Sandras Verstimmtheit und ärgert sich über seine belehrend schroffe Art gegenüber seiner engagierten Mitarbeiterin. Das zweite Mal innert weniger Stunden.

„Mit dem starken Motiv liegst du vielleicht schon richtig. Aber Beweise müssen wir finden, sonst kommen wir nicht weiter. Natürlich stehen Gespräche mit Sepp und Walpurga ganz oben auf der To-do-list“, versucht er einzulenken.

Beweise scheint für Sandra das Stichwort zu sein.

„Mir geht aus dem Bericht der Spurensicherung die große Distanz des Schusses nicht aus dem Kopf. Über 700 Meter, das kann kein Jäger oder Hobbyschütze aus einem Verein gewesen sein. Auf Schießständen, wie wir sie kennen, kannst du das auch nicht üben. Da enden die Distanzen bei 300 Metern. Ich denke, wir sollten eine Anfrage ans Bundesheer stellen. Wer aus dem Bregenzerwald seit den 70er Jahren eine Scharfschützenausbildung durchlaufen und diese eventuell bei Truppenübungen immer wieder aufgefrischt hat."

Friedl schmunzelt innerlich. Der Gedankengang von Sandra ist klug. Sie ist eine gute Polizistin.

„Du hast recht. Wenn wir am Golfplatz fertig und zurück in der Dienststelle sind, machen wir die Anfrage. Ich bin gespannt, wie viele Namen aus unserer Gegend in dieser Liste auftauchen und natürlich, wie schnell das vom Bundesheer bewerkstelligt werden kann."

Beide bemerken aufgrund des intensiven Gesprächs nicht, dass sie bereits vor der Abfahrt zum Golfplatz angekommen sind. Es gelingt Sandra gerade noch das Polizeifahrzeug halbwegs ordnungsgemäß zum Linksabbiegen zu bringen.

Sie stellen das Auto auf dem Parkplatz ab und gehen ins Sekretariat zu Cindy, die sie freundlich empfängt.

„Na, was steht denn an?", fragt sie.

„Ist der Präsident irgendwo zu erreichen. Wir möchten mit ihm reden."

„Das wollen heute scheinbar alle", meint Cindy.

„Er ist ungeplant mit Sepp von der Tannen auf eine Runde gegangen. Die Platzsperre ist ja mittlerweile aufgehoben. Sie spielen neun Löcher. Wenn ihr ihn gleich erreichen wollt, dann nehmt am besten einen Cart und fahrt auf den Platz hinaus. Es ist nicht viel los", sagt Cindy. Sandra sieht etwas verdutzt drein, was Cindy sofort bemerkt.

„Ich zeig euch, wo ihr hin müsst und gebe euch einen Platzplan mit der Beschreibung der Bahnen. Dann kommt ihr schon zurecht."

„Da ist noch etwas, Cindy. Kannst du uns vielleicht sagen, wie wir den Hofrat aus Dornbirn am besten erreichen, damit wir nicht ins Land hinaus fahren müssen. Kommt er in der nächsten Zeit zum Spielen?", fragt Friedl.

Cindy wirft einen Blick in den Computer und informiert beide Polizisten anlächelnd.

„Ja, da habt ihr Glück. Er spielt morgen allein. Vor einem Turnier will jeder noch ein bisschen ungestört üben. Er startet um sechs Uhr in der Früh. Wenn ihr um acht Uhr kommt, erwischt ihr ihn beim Kaffee auf der Bank vor der Raststation, zwischen dem neunten und zehnten Loch. Verratet ihm aber nicht, dass ihr den Hinweis von mir habt. Bitte!"

Dankend verlassen sie das Sekretariat, nehmen den angebotenen Cart und fahren, wie es ihnen Cindy beschrieben hat, in Richtung fünfte Bahn, wo der Präsident und Sepp vermutlich anzutreffen sind.

„Wie gehen wir vor? Dass Sepp uns so schnell auf den Radar kommt, hast du wohl auch nicht gedacht", stellt Sandra fest.

„Nein, das ist ein Zufall. Ich denke wir packen den Stier bei den Hörnern und konfrontieren ihn mit der Frage, wie es um seine Ehe mit Walpurga steht und warum die Geschäftsbeziehungen zum Bartl nicht mehr so sind wie früher. Bin gespannt, wie er reagiert."

Franz Alge und Sepp von der Tannen sehen sie schon von weitem am Abschlag der Fünf. Beide auf ihre Driver gestützt, sind sie in ein lebhaftes Gespräch vertieft. Ein ungleiches Paar. Der Präsident lässig, im neuesten Golf-Outfit in leuchtenden Farben. Sepp von der Tannen trägt ausgebeulte Hosen und ein verwaschenes Shirt. Zudem ist er unrasiert und mit seiner verwegenen Frisur wirkt er ungepflegt. Sandra fordert Friedl auf langsamer zu fahren, damit sie ihm die Beschreibung der Bahn Fünf aus dem Plan vorlesen kann.

„Damit wir eine Ahnung haben, was da gespielt wird. Also hör zu."

Der Abschlag sollte über beide Wasserhindernisse gehen und hoch gespielt sein, denn das Fairway steigt zum Grün an. Die optimale Landezone für den Abschlag ist links durch zwei Bunker markiert, die in der Verlängerung eines kleinen Wäldchens die Hooker zur Vorsicht mahnen.

„Aha, aso, ja", ist Friedls Kommentar. Beim Näherkommen bleiben sie stehen und beobachten die beiden beim Abschlagen. Weit und breit sehen sie keinen Abschlag, der über beide Wasserhindernisse geht, und hoch gespielt ist auch nichts. Sepp donnert seinen Ball flach links in die Bäume und der Präsident rechts, ebenfalls in eine Baumgruppe.

„Das sieht nicht gut aus", bemerkt Sandra. „Das hebt die Stimmung wohl kaum."

Franz Alge winkt sie zu sich. Friedl und Sandra stellen den Cart ab und grüßen sie, der Präsident reagiert etwas frostig. Sepp klärt die Polizisten auf, dass sie sich gerade etwas über sein Sponsoring beim Präsidententurnier streiten.

„Franz meint, ich sei ein Esel, der Gold scheißt. Das Sponsoring mach ich gerne, aber überzogene Preise für alles und jedes zu spendieren, ist wohl zu viel."

„Das Turnier muss attraktiv angelegt sein. In den letzten Jahren haben immer weniger mitgespielt. Wir müssen uns etwas einfallen lassen, das die Leute zum Mitspielen motiviert", kontert Franz erregt auf Sepps Äußerung. Friedl unterbricht beide bei ihren Kippeleien.

„Schluss jetzt Herrschaften! Das Turnier interessiert uns jetzt nicht. Wir haben ein paar konkrete Fragen, auf die wir klare Antworten wollen. Wir begleiten Sie beim Spiel und fragen. Okay?"

Franz und Sepp knurren so etwas wie Zustimmung. Der Präsident fordert Friedl auf den Cart so abzustellen, dass er für die nachfolgenden Spieler nicht zum Hindernis wird. Die verschlagenen Bälle werden nicht gefunden und so begeben sie sich zur Dropping Zone vor dem Wasserhindernis.

„Herr Präsident, wie war das am Freitagabend, wann haben Sie mit Bartl Moosbrugger auf dem Parkplatz gesprochen?"

„Ich denke, das war um halb sieben. Die Besprechung für das Präsidententurnier war auf sieben Uhr angesetzt. Ja, halb sieben kommt ganz gut hin."

„Herr von der Tannen, Sie sind auch zu dieser Besprechung dazu gestoßen. Wann war das?"

„So genau weiß ich das nicht mehr, ich war geschäftlich unterwegs. Ich denke, so um Viertel nach sieben. Franz, was meinst du?“

„Ich denke, das könnte passen“, erwidert der Präsident.

Von der Dropping Zone spielen beide ganz passabel das Fairway hinauf. Sie scheinen es doch zu können, denkt Sandra.

„Herr Alge, Sie waren doch am Freitagabend die ganze Zeit am Golfplatz. Haben Sie einen Schuss gehört“, will Friedl wissen. Der Präsident verneint.

„Also, Herr Inspektor, die Frage ist doch eigenartig. Abends im Sommer kracht es doch an allen Ecken hier bei uns im Wald. Das fällt doch niemandem mehr auf. Vom Jagen scheinen Sie reichlich wenig zu verstehen“, schiebt Sepp von der Tannen süffisant nach.

„Wie funktioniert so ein Golfplatz eigentlich, wie ist das alles organisiert, wer ist für die Finanzen zuständig?“, setzt Friedl im Weitergehen zur nächsten Frage an.

„Zwei Dinge müssen wir da auseinanderhalten. Da gibt es den Golfclub mit dem Präsidenten und die Betreibergesellschaft. Die Gesellschaft besteht aus vier Leuten, die Geld in die Anlage gesteckt haben. Barvermögen oder auch Grund und Boden, auf dem gespielt wird. Sie erhalten den Platz, bezahlen die Betriebskosten, die Gehälter der Angestellten und kommen für den Fuhrpark auf, der für die Pflege des Platzes notwendig ist. Sie haben also neben den Investitionen, die sie getätigt haben, zusätzlich recht hohe Betriebskosten. Einnahmen lukrieren sie durch den Verkauf der Spielrechte an die Golfspieler, durch Greenfeespieler und durch die Verpachtung des Clubhauses an den Wirt“, gibt sich der Präsident erzählfreudig.

„Auch große internationale Turniere bringen ordentlich Geld, falls man solche an Land ziehen kann“, merkt Herr von der Tannen an.

Bei den Bällen, die unweit voneinander liegen, angekommen, setzen sie das Spiel fort. Beiden gelingt ein guter Chip zur Fahne. Friedl und Sandra warten abseits des Greens, bis die Bahn mit je einem guten Putt fertiggespielt ist. Während der Präsident und Sepp von der Tannen zum Abschlag der Sechs hochschreiten, liest Sandra die Informationen zu dieser Bahn vor.

Der Ausblick vom Abschlag ist erhebend und hier kannst du mit dem Driver beherzt zuschlagen. Wer zu kurz liegt, läuft Gefahr, das Fairway Biotop näher kennenzulernen. Wer zu weit spielt, bekommt es mit zwei Bunkern und einem Bächlein zu tun. Ideal ist eine Lage links neben den Bunkern, von wo aus ein hoch gespieltes Eisen direkt auf das von Wasser und Sand bewachte Grün führt. Dass das in der Theorie einfacher ist als in der Praxis, zeigt das hohe Handicap der sechsten Bahn.

Den beiden gelingt ein guter Abschlag. Nun kann man sich weiter unterhalten.

„Und, rentiert sich das Geschäft mit einem Golfplatz?“

„Kommt auf die Sichtweise an. Darüber streiten sich die Investoren seit Jahren. Alle vier haben den gleichen Anteil. Der Hotelier und der Bauunternehmer wollen den Platz abstoßen, weil er aus ihrer Sicht nur Kosten verursacht. Der Rechtsanwalt und der Landwirt, also Bartl, wollen den Betrieb weiterführen. Aus gutem Grund. Bartl gehörte ein Großteil des Grundes, für den er Pacht kassiert hat, und der Rechtsanwalt, eine dubiose Figur aus Lustenau, schneidet auch prächtig mit. Er hat das Monopol für alle Rechtsgeschäfte, die den Platz betreffen. Die vier sind auf Gedeih und Verderb aneinandergekettet."

„Nie und nimmer hätte ich mich an Bartls Stelle auf so eine Konstruktion eingelassen", gibt Sepp von der Tannen seinen Senf dazu.

Rasch versteht Sandra diese Geschäftsbeziehung. Sie wechselt das Thema.

„Und was ist Ihre Aufgabe hier?"

Bis zur Beantwortung dieser Frage müssen sie sich noch etwas gedulden. Die Bälle müssen geschlagen werden. Beide landen auf dem Vorgreen. Der Ball des Präsidenten kommt, etwas schlecht spielbar, am Rande des Teichs zum Liegen.

„Die Aufgaben des Präsidenten sind, wenn ich ehrlich bin, gering. Alle, die ein Spielrecht haben, sind Mitglied des Golfclubs. Ich bin für die Veranstaltung von Turnieren und das Gesellschaftsleben zuständig. Für die Mitglieder bin ich Ansprechpartner, wenn ihnen am Platz etwas nicht passt. Dann empfängt mich der Rechtsanwalt und ich kann das vorbringen. Weiter geht meistens nichts, das sehen Sie ja. Eigentlich ein beschissenes Ehrenamt. Wenn wir den Spielbetrieb aufrecht erhalten wollen, muss es halt jemand machen."

Vom Vorgreen gelingt Sepp von der Tannen ein guter Chip zur Fahne, und er beendet sichtlich erfreut die Bahn in Par. Der Präsident tut sich mit dem Chip schwer, braucht drei Putts und muss das Loch an Sepp abgeben.

„War's das dann, was sie wissen wollten?", fragt der Präsident, deutlich unwirsch.

„Nein, wenn wir schon da sind und Sie beide antreffen, hätten wir auch noch ein paar Fragen an Herrn von der Tannen", bleibt Sandra beharrlich.

„Gut, wenn das auch noch sein muss, nehmen Sie den Cart und fahren hoch zum Ende der Sieben. Auf der achten und neunten Bahn lässt sich beim Spiel, das Sie stören, wie Sie hoffentlich merken, leichter reden."

Der Präsident gibt deutlich zu verstehen, dass seine Geduld am Ende ist. Friedl und Sandra schnappen sich den Cart und fahren die Sieben entlang. Sandra referiert zur Bahn, was Friedl nun scheinbar zu nerven beginnt.

Die Sieben ist ein ausgewachsenes Par 5 bergauf. Das Dogleg nach rechts erfordert einen präzisen Abschlag, denn im Knickpunkt wartet der erste Fairway Bunker auf Slicer oder zu kurz gespielte Abschläge. Mit dem zweiten Schlag sollte über die Bunker die Ebene des Green auf der rechten Seite erreicht sein. Allerdings lauern hier drei Bunker und links macht ein kleiner See die direkte Annäherung riskant.

Während sie zwischen dem Green der Sieben und dem Abschlag zur Acht auf den Präsidenten und Sepp von der Tannen warten, vervollständigt Sandra die Informationen zum Golfplatz.

Die achte Bahn braucht einen beherzten Abschlag über einen tiefen Graben. Wer zu kurz liegt, darf es von der Dropping Zone näher am Graben noch einmal versuchen. Wer ein hoch gespieltes Eisen mit viel Backspin beherrscht, hat die Chance auf ein Hole in one. Wer übertreibt, benötigt einen neuen Spielball, denn die üppige Flora abseits des Fairways gibt den Spielball nur ungern wieder frei.

„Und da, links vom Green der achten Bahn, siehst du den Abschlag zur Neun. Die führt wieder Richtung Clubhaus."

„Ah, ja." Friedl heuchelt mühsam Interesse.

Der erhöhte Abschlag der Neun verlängert den Drive auf diesem Par vier. Der zweite Schlag sollte bereits über die Fairway Bunker auf das Grün führen. Die Bahn verläuft zwischen den gegenläufigen Bahnen eins und zehn, daher ist Vorsicht geboten, wenn der Ball das Fairway verlässt.

„Ich glaube Golfspielen könnte mir auch Spaß machen", verkündet Sandra enthusiastisch.

„Jetzt übertreib mal nicht. Das ist doch kein Lifetimesport für unsere Altersklasse. Da sind doch alle über 50. Mountainbiken, von mir aus auch noch dein Yoga, das ist doch was für uns. Aber nicht Golf", gibt Friedl zu bedenken.

„Riechst du das auch?", Sandra schnuppert in Richtung

der neunten Bahn, die beim Abschlag durch ein steil abfallendes Tobel begrenzt ist. Der Ostwind weht leicht. Friedl verneint und meint, im Wald riecht es immer.

„Ein Bauer wird wohl mit dem Güllebomber irgendwo in der Nähe unterwegs sein."

„Nein, das ist nicht Gülle. Es riecht so ganz leicht nach Schwefel. Von irgendwoher kenne ich das. Im Moment fällt mir nicht ein, was das sein könnte."

Ihre Unterhaltung wird durch das Auftauchen der Spieler unterbrochen.

„Den Sepp nehmen wir jetzt etwas in die Zange", flüstert Friedl Sandra noch schnell zu.

Nachdem beiden der Abschlag gelungen ist, wendet sich Sandra Sepp von der Tannen zu.

„Ihre Frau hatte ein Verhältnis mit Bartl Moosbrugger. Wussten Sie davon?", fragt sie unverblümt.

Sepp gibt sich vorerst schweigsam. Man sieht ihm an, dass ihm die Antwort schwer fällt.

„Ja und nein. Vermutet habe ich schon was. Mit der Walpurga ist es nicht so einfach. Sie hatte immer so was wie einen Flirt laufen. Handfestes konnte ich ihr nie nachweisen. Ich habe mich halt arrangiert. Bartl war ja auch wie ein Familienmitglied, da denkt man nicht gleich an etwas Schlechtes. Wir sind ja miteinander in die Schule gegangen. Geschäftlich hatten wir auch viel miteinander zu tun."

„Ihre Geschäftsbeziehungen zu Bartl sollen aber in letzter Zeit zurückgegangen sein. Woran lag das?", übernimmt Friedl die Befragung.

„Ja, mei! Bartls Holzhandel hat zugelegt. Immer bessere Maschinen und Erschließungswege haben ihm eine

Menge Zuwachs an Holz gebracht. Ich hingegen konnte meinen Betrieb in der Branderau nicht erweitern. Einerseits aus Mangel an freien Flächen, andererseits wegen der vielen Umweltauflagen. So konnte ich ihm keinen guten Preis mehr machen. Da ist er halt zu anderen Sägen abgewandert."

Da der Präsident und Sepp von der Tannen den Ball vom Abschlag direkt aufs Green geschlagen haben, das nun alle erreichen, muss die spannende Befragung für das Putten unterbrochen werden. Friedl und Sandra können nun ungehindert, hinter den beiden Golfern stehend, ihre Eindrücke mit Gesten kommunizieren. Sepp von der Tannen scheint die Befragung nicht zu behagen. Sein Spiel verliert an Qualität und Eleganz. Seine Putts auf der Acht fallen miserabel aus. Das führt zu einer Abmahnung durch den Präsidenten.

„Sepp, jetzt reiß dich mal zusammen! Du spielst ja einen Schmarren. Das geht ja auf keine Kuhhaut."

„Warum haben Sie sich von ihrer Frau nicht scheiden lassen?", nimmt Sandra den Faden der Befragung wieder auf. „Offensichtlich hatte sie ja immer irgendeinen, sagen wir, Freund."

„Wenn das so einfach wäre, hätte ich es schon längst gemacht. Ihr gehört der halbe Betrieb. Sie hat Geld in die Ehe eingebracht. Eine Scheidung wäre mein Ruin gewesen. Walpurga ist studierte Kunsthistorikerin. Am Sägewerk liegt ihr nicht viel. Aber ohne ihr Geld müsste ich zusperren."

„Dir gelingt es auch mehr zu scheinen, als zu sein und das schon seit Jahren", wirft der Präsident verärgert ein. „Jetzt wird mir klar, warum du beim Sponsoring so auf der Bremse stehst." Allzu sensibel ist die Bemerkung nicht. Friedl quittiert sie mit leichtem Kopfschütteln.

Die Abschläge der beiden an der Neun sind grottenschlecht. Schimpfend machen sie sich auf die Suche nach den Bällen. Nach einer recht langen Zeit finden sie die Bälle endlich im Rough. Der Präsident gibt zu verstehen, dass er die Lust am Spiel verloren hat. Die Befragung zehrt an seinen Nerven. Und so beenden sie ihr Spiel in der Mitte der neunten Bahn. Sie heben die Bälle auf. Friedl entgeht nicht, dass sie die Situation komplett ausgereizt haben.

„Herr von der Tannen, wann und wo erreichen wir Ihre Frau am besten?", stellt er abschließend eine letzte wichtige Frage.

„Derzeit gar nicht. Sie ist am Freitag in der Nacht nach Helsinki geflogen und von dort mit dem Auto weiter nach Nordfinnland. In eine kleine Stadt am Polarkreis. Walpurga arbeitet als Kuratorin für das Frauenmuseum. In Finnland will sie eine Ausstellung mit irgendeinem Museum besprechen. Ich weiß nur, es geht um finnische Trachten, die in Hittisau ausgestellt werden sollen. Und am Handy ist sie nicht erreichbar. Die haben dort oben scheinbar keinen Empfang."

„Wann erwarten Sie sie zurück?", will Sandra noch wissen.

„Geplant ist, dass sie am Mittwochvormittag oder Mittag wieder hier ist."

Mittlerweile sind sie beim Clubhaus angekommen. Friedl und Sandra bedanken und verabschieden sich.

„Es wäre ja ganz nett, einen Kaffee auf der Terrasse des Clubhauses zu trinken, lass uns aber lieber gleich zur

Polizeiinspektion fahren, um das, was wir hier erfahren haben, zu bearbeiten und zuzuordnen. Dort ist es auch kühler", schlägt Sandra vor.

Das ist ganz in Friedls Sinn. Unter einer Bedingung. Es ist schon mitten am Nachmittag und sein Magen knurrt.

„Auf dem Weg halten wir in Krumbach. In der Metzgerei essen wir einen sauren Schüblingsalat." Sandra nickt. Die Teamarbeit ist optimal.

Nach der Jause fahren sie weiter nach Hittisau. Die Fahrt zieht sich in die Länge. In Erwartung eines abendlichen Gewitters sind die Bauern mit ihren Traktoren unterwegs um das Heu einzubringen und blockieren zeitweise den Verkehr.

Friedl und Sandra checken die eingegangen Mails. Viele sind es nicht. Anweisungen und Informationen: Die Verkehrsüberwachung in der Hauptsaison zu forcieren, Fahndungen, die landesweit ausgegeben wurden und natürlich die Anfrage seitens des Landeskriminalamts in Bregenz, wie der Stand der Ermittlungen ist. Das Übliche. Friedl schaut auf die Uhr.

„Gut, das geht sich noch aus." Er fordert Sandra auf ihre Eindrücke zu den Befragungen zu beschreiben.

„Das Alibi von Sepp von der Tannen überprüfe ich morgen. Ansonsten war mein Eindruck, dass der schon Dreck am Stecken haben könnte. Allein, wie er uns pseudo verständnisvoll erklärt hat, dass Walpurga sich auch zu anderen Männern hingezogen fühlt. Ja, und auch über Bartl, wir kennen uns schon seit der Volksschule und sind gute Freunde. Da stimmt was nicht, sagt mir mein Bauchgefühl. Und dann noch der Bruch in der Geschäftsbeziehung. Auch so schmalzig. Ich halte den Sepp von der Tannen für einen Groß- und Wichtigtuer und es ist nichts dahinter. Krass formuliert, ein Versager, der das Geschäft nicht auf die Reihe kriegt und sich von seiner Frau Hörner aufsetzen lässt." Sandra redet sich richtig in Rage. Friedl muss schmunzeln, ob der Energie, die Sandra aufbringt.

„Schau dir das mit dem Turniersponsoring an. Er hat kein Geld, aber übernimmt das Sponsoring. Hast ja gehört, wie der Präsident darauf reagiert hat. Der hat anscheinend, nichts von den schlechten finanziellen Verhältnissen gewusst. Dem ist erst durch unsere Befragung ein Licht aufgegangen."

„ Werde konkreter, traust du ihm die Tat zu?"

„Ja und nein. Bartl lässt ihn in geschäftlichen Dingen hängen, spannt ihm die Frau aus. Okay, es kommt zu einer Kurzschlusshandlung. Er bringt ihn im Affekt um. So könnte ich mir das vorstellen. Aber einen geplanten Mord, wie wir ihn vor uns haben, traue ich diesem Weichei nicht zu."

„Mir scheinen die Geschäftsverflechtungen des Golfplatzes interessant. Bei diesen Abhängigkeiten, wie sie der Präsident geschildert hat, muss nur noch ordentlich Geldgier ins Spiel kommen und wumms", wirft Friedl, die Hände klatschend, gestenreich ein.

„Nein, ich glaube nicht, dass sich die Geschäftspartner gegenseitig umbringen. Wollen vielleicht schon. Da macht sich doch keiner die Hände schmutzig und einen Auftragskiller anstellen? Der Bregenzerwald ist nicht Sizilien." Sandra muss bei diesem Vergleich laut lachen. Mafiamethoden hier bei uns, für sie nicht denkbar.

Friedl gibt sich mit ihrer Argumentation nicht zufrieden.

„Ausschließen dürfen wir das nicht. Es kann immer ein erstes Mal geben", traut Friedl seinen Wäldern doch mafiöses Verhalten zu.

„Gut, weitere Verdachtsmomente oder Hinweise sind bisher nicht hereingekommen. Wir sind uns also einig, dass wir in diese zwei Richtungen weiterarbeiten. Einerseits nehmen wir Sepp von der Tannen und andererseits die Investorengruppe genauer unter die Lupe. Teilen wir uns die Arbeit auf. Eine Bitte, es ist schon spät und ich muss in den Stall zu den Kühen. Kannst du hier die Stellung halten und noch die Anfrage an das Bundesheer stellen? Frag nach, wer im Zeitraum der letzten 40 Jahre während des Wehrdienstes eine Scharfschützenausbildung absolviert hat, und diese bei Übungen auffrischen konnte. Sie sollen alle Wehrpflichtigen des Bregenzerwaldes in Betracht ziehen. Lass deinen Charme etwas spielen, damit sie uns, wenn möglich, bis morgen Abend eine Antwort geben."

„Auch ohne Charme werde ich denen beibringen, dass wir zeitnah eine Antwort haben wollen. Und übrigens, Friedl, lass solche standardmäßigen Machosprüche einfach weg. Es geht auch ohne", tadelt sie ihren Chef scherzhaft.

„Okay, lass gut sein. Zum morgigen Tag: Da trennen wir uns. Du fährst gleich in der Früh zum Golfplatz, damit du um acht Uhr den Hofrat erreichst. Lass dir ruhig Zeit. Ich suche den Hotelier von der Investorengruppe auf. Ich will die Infos des Präsidenten genauer unter die Lupe nehmen. Ich schlage vor, wir treffen uns kurz vor Mittag hier im Büro zu einer Besprechung über den Stand der Dinge. Langsam sollte etwas weitergehen. Der morgige Nachmittag ist ja schon verplant. Ich muss hinüber zur Schule. Den 14-Jährigen ein wenig näherbringen, was sie dürfen oder nicht und wo die Grenzen zu Straftaten liegen. Du bist ja laut Dienstplan zur punktuellen Verkehrskontrolle mit den Kollegen aus Alberschwende und Egg eingeteilt."

„Mir wäre es lieber, dich in die Schule zu begleiten. Ich finde das interessant, was du da machst. Das könnte mir auch gefallen."

„Vielleicht geht sich das ein anderes Mal aus. Ein bis zweimal im Jahr mache ich das ja."

„Soweit ist mir alles klar. Den Bericht für das Landeskriminalamt dürfen wir nicht vergessen, der sollte heute auch noch geschrieben werden."

„Lass das meine Sorge sein. Den erledige ich vom Laptop aus, am Abend nach der Stallarbeit. Von zu Hause aus zu arbeiten war eine meiner Bedingungen, die Polizeiinspektion zu führen."

„Gut, dann stelle ich noch die Anfrage an das Bundesheer und mache dann auch Feierabend. Schau zu, dass du zu den Kühen kommst, lass sie mir schön grüßen."

„Mach ich doch. Und was hast du am Abend noch vor?", setzt er neugierig nach.

„Naja, es ist Late-night-shopping im Messepark. Da gehe ich mit einer Freundin hin. Vielleicht verpasse ich mir auf den Schreck vom Wochenende einen neuen Look. Wer weiß?"

„Na dann, viel Spaß. Bis morgen um die Mittagszeit", verabschiedet sich Friedl.

Am frühen Abend ist im Dorf nichts los. Die Hitze setzt den Leuten zu und Aktivitäten wie Einkäufe, Arztbesuche und anderes werden auf den frühen Vormittag verlegt. Auch die Touristen sind nicht zu sehen. Entweder dösen sie in den Gärten der Hotels vor sich hin oder sie sind noch in den Bergen, weil es dort kühler ist.

Friedl radelt gemächlich nach Korlen hinauf, in der Vorfreude auf einen ruhigen Abend in seinem Garten. Den Bericht an das Landeskriminalamt darf er nicht vergessen und mit dem Hotelier muss er auch noch einen Termin vereinbaren. Den Besuch des Tierarztes für die Impfungen seiner Kühe sollte er fixieren. Wenn er schon dran ist, dann kann er auch noch seinen Nachbarn zu sich bitten, um den Transport seiner Kühe auf die Alpe mit ihm zu besprechen. Er ist jedes Jahr froh, wenn sein Nachbar ihm die Kühe mit auf die Alpe nimmt und dort betreut. So ruhig wird der Abend vermutlich also doch nicht werden. Das eine oder andere Bier werden sie schon trinken. Das ersehnte Gewitter bleibt auch an diesem Abend aus.

#05

„Grüß Gott, Herr Hofrat!" Sandra findet die Situation vor, wie Cindy sie beschrieben hat. Der Hofrat aus Dornbirn sitzt entspannt an einem der Tische vor der Raststation zwischen den Bahnen Neun und Zehn. Vor sich eine Tasse Kaffee, genüsslich eine Zigarette rauchend.

„Ah, die Staatsgewalt in ihrer schönsten Erscheinung, ich wünsche einen guten Morgen!"

„Ich bin Sandra Dorner von der Polizeiinspektion Hittisau. Wir ermitteln im Mordfall Bartl Moosbrugger. Und übrigens, ich bin im Dienst und nicht zum Flirten da", stellt sich Sandra vor und macht dem Hofrat klar, was Sache ist.

„Einen Versuch war es wert. Was wollen Sie von mir?"

„Sie waren am Freitagabend hier. Dazu hätte ich Fragen."

„Dann begleiten Sie mich über den Platz. Hier sitzen bleiben können wir nicht. Gleich kommen die nächsten Spieler. Ich will beim Spielen meine Ruhe haben."

Friedl hat ihr bei der gestrigen Besprechung signalisiert, sie soll sich Zeit lassen, und da ihr die nachmittägliche Verkehrskontrolle sowieso nicht passt, ist es ihr recht, die kommenden eineinhalb Stunden mit dem Hofrat am Golfplatz zu verbringen. Das Interesse am Spiel ist bei ihr ja ohnehin schon geweckt. So geht sie neben dem Hofrat her, der sich den Trolley schnappt.

„Damit Sie Ihre und meine Zeit nicht vergeuden, könnten Sie mir ja als Caddy behilflich sein", fordert sie der Hofrat auf.

„Geben Sie mir bitte den Driver." Sandra schaut ihn etwas verdutzt an.

„Ja, halt diesen großen Schläger da", er deutet auf den Bag. „Die Zehn ist eine richtige Herausforderung. Der Abschlag soll mittig sein. Der zweite Schlag führt auf eine kleine Insel, von Wald, Weg und Wasser umgeben. Von dort lässt sich dann das Green anspielen. *Konzentration* ist wichtig", erklärt er Sandra die Bahn.

Nach der zehnten Bahn sind sie schon ein eingespieltes Team. Der Hofrat verdeutlicht ihr geduldig, was für das Spiel wichtig ist. Für welche Spielsituationen man welchen Schläger verwendet. Sandra versteht gleich, wie das geht und auf was es ankommt. Es macht ihr richtiggehend Spaß, mit einem erfahrenen Golfer über den Platz zu gehen. Auch wenn sie nun den Trolley ziehen muss. Der Hofrat doziert an einer Tour. Man merkt, dass er einmal Lehrer war. Sandra macht sich Sorgen, wenn das so weitergeht, werde ich gar nicht zur Befragung kommen. Aber interessant ist es schon.

„Schauen Sie hier, die Elf. Zwischen Teich und Wald muss man durch. Hat man das, dann ist es ein Leichtes, aufs Green zu kommen. *Ruhe* ist ein wichtiger Pfeiler des Spiels."

Die nächsten fünf Bahnen liegen über der Weißach. Der Weg führt über eine Brücke und auf einem ansteigenden Weg den Hang hinauf. Das ist nun die Chance für Sandra ihre Fragen zu stellen.

„Herr Hofrat", setzt Sandra an. Sie wird aber gleich unterbrochen.

„Lassen Sie das mit, Herr Hofrat. Auf dem Platz ist man per du."

„Gut, also wir überprüfen den Freitagabend am Golfplatz und befragen einige der Anwesenden. Alle können wir nicht, da fehlt uns die Zeit. Wie war das. Ist Ihnen, also dir, etwas Ungewöhnliches aufgefallen?"

„Nein, nicht dass ich wüsste. Es waren viele Leute da. Der Wirt hat ordentlich gekocht. Die Fischsuppe kann ich dir empfehlen. Die macht er wirklich gut. Wir Brüder haben uns etwas gezankt. Es war nichts Besonderes." Beim Anstieg kommt der Hofrat ins Schnaufen.

„Doch, ja. Als der Sepp kam, das war knapp nach acht Uhr, wurde es etwas laut. Er war ziemlich aufgekratzt. Hat vermutlich dem Flachmann bei der erfolglosen Jagd ordentlich zugesprochen. Er hat dann versucht, mit allen gleichzeitig zu reden. Ich mag diese lauten Gespräche über drei Tische nicht. Es hat sich aber bald alles beruhigt, als er am Präsidententisch Platz genommen hat."

„Bist du dir sicher, dass Sepp erst nach acht Uhr gekommen ist, von der Jagd sagst du?"

Der Hofrat schaut Sandra mit einem schulmeisterlichen Blick an.

„Wann wer kommt oder geht, zu früh oder zu spät, das merke ich mir. Als ehemaliger Gymnasialdirektor habe ich ein Gefühl für Zeit. Wäre das nicht so gewesen, hätten mir Schüler wie Lehrer auf der Nase herumtanzen können", antwortet er schmunzelnd.

„Ja, von der Jagd. Mit seiner Jagdkleidung ist er mir aufgefallen. Die passt einfach nicht hierher, finde ich, das ist aber reine Geschmacksache meinerseits."

„Hast du etwas Auffälliges gehört am Freitagabend, einen Schuss vielleicht?"

„Nein, dass es auf der Terrasse laut war, habe ich schon erwähnt. Schuss, nein. Na gut, ich höre schon etwas schlecht. Aber Schuss, nein."

Sandra ist zufrieden mit den Informationen, die sie erhalten hat. Der Hofrat spielt die Zwölf.

„Bei dieser Bahn könnte man gut einen Birdie spielen. Das Green ist mit zwei Schlägen über den riesigen Buckel zu erreichen. Klappt aber nicht immer. Man muss mit etwas *Demut* an das Spiel herangehen. Die Erwartungen zurückstellen."

Bei der 13 meint er, dass er mit dieser Bahn nicht gut zurande kommt. Sie ist für seinen Geschmack etwas zu schmal. Sie nimmt ihm die *Leichtigkeit*, die für das Spiel nötig ist. Dennoch spielt er die Bahn passabel mit fünf Schlägen. An der 14 beginnt er zu strahlen.

„Schau da hinunter, dort liegt das Green", ruft er Sandra zu. Sie stehen hoch oben, und tief unten zur Weißach hin liegt das Green dieser kurzen Bahn.

„Reich mir bitte das Neuner Eisen. Danke. Mit *Lockerheit*, auch eine Eigenschaft, die ein Golfspieler haben soll, musst du das hier angehen."

Und so ist es auch. Mit einem lockeren, leichten Schlag geht der Ball hoch zum Himmel, fällt herunter und schlägt direkt neben der Fahne auf. Sandra ist fasziniert von den vielfältigen Anforderungen, die das Spiel mit sich bringt.

„So, jetzt sind wir schon auf dem Rückweg. Es sind nur noch vier Bahnen zu spielen. Die 15 muss man mit *Langsamkeit* angehen. Wenn hier beim Abschlag und auch unten, wo es über den Graben geht, zu scharf auf den Ball eingeschlagen wird, dann landet er meist rechts im Wald."

Bei der 16 schießt sich der Hofrat auf den Begriff *Bedächtigkeit* ein. Immer wieder alle Abläufe zu antizipieren, dass sie in ihrer richtigen Anwendung zum Tragen kommen. Bei dieser Bahn gelingt ihm das nicht. Sandra beobachtet, dass trotz Misslingens der Hofrat nicht aus dem Gleichgewicht zu bringen ist. Keine emotionale Regung.

„Dieser Blick hier, vom Abschlag der 17, ist fantastisch. Kaum zu glauben, dass man diese Bahn in fünf Schlägen bewältigen kann. Von hier sieht sie unendlich lang aus. Es sind aber nur knappe 500 Meter. Dadurch, dass von hier oben über die Weißach gespielt werden muss, wirkt sie so lang. Das irritiert viele Spieler und sie verlieren die *Konstanz,* die für das Spiel aufgebaut werden muss, und schmeißen die Nerven weg."

Der Hofrat nimmt den Driver in die Hand, und mit einem wuchtigen Schlag setzt er den Ball über die Weißach.

„Sandra, du hast mir die ganze Zeit verständnisvoll zugehört, willst du nicht das Golfspielen erlernen? Die theoretischen Grundzüge hast du ja jetzt mitbekommen. So schwer ist es nicht."

Sandra bejaht die Frage. Druckst aber ein wenig herum, dass sie sich nicht sicher sei. Zeit und Geld braucht es ja auch dafür, ist ihre vorgeschobene Begründung. Auf der letzten Bahn, der 18, die zum Clubhaus führt und gerade und kurz ist, fällt aus dem Mund des Hofrats noch der Begriff *Gnade* für das Golfspiel. Eine Art Geschenk, das unverdient auf einen zukommt. Das soll man nach Möglichkeit ergreifen. Beim Green der 18 bedankt sich Sandra beim Hofrat. Das Golfspiel fasziniert sie. Der Hofrat hat ihr durch seine Erklärungen viel mitgegeben. Nicht nur über das Spiel, auch über das Alibi vom Sepp. Auf diese Aussage wird man sich stützen können. Ein bisschen schrullig ist der Hofrat schon, aber nett, denkt sie, als sie den Weg zum Clubhaus und Parkplatz zurückgeht.

Sie kommt am Golfshop vorbei. Wieso nicht einen Blick hineinwerfen. Wenn mich das Spiel schon fasziniert, möchte ich auch wissen, wie man sich dabei kleidet und wie viel eine Ausrüstung kostet. Sandra durchstöbert einige Kleiderständer und Regale. Dabei kommt sie mit der Inhaberin ins Gespräch, die ihr unaufgefordert ihre Eindrücke vom Freitagabend erzählt. Dabei kommt sie auf Sepp zu sprechen, der, so sagt sie, kurz nach acht Uhr gekommen ist. Wie immer leicht angetrunken, ungepflegt, in verdreckter Jagdkleidung. Zuerst wollte er sich zu ihnen an den Tisch der Damenrunde setzen und habe mit sexistischen Sprüchen versucht ein Gespräch anzufangen. Er ist dann aber beim Präsidententisch gelandet, wo es laut zuging. Sie wundert sich schon seit einiger Zeit, dass Walpurga, die Frau von Sepp, da noch mitmacht. Selbiger wird immer rüpelhafter und sie sei doch eine sehr gebildete, feinfühlige Frau und engagiert im Frauenmuseum tätig. Sie kann sich das alles nicht vorstellen. Wenn ihr Mann sich so verhalten würde, dann, setzt sie an, wird aber von Sandra unterbrochen. Sie würgt das ausufernde Gespräch ab.

Sandra hat genug gehört und den ganzen Tratsch und Klatsch will sie ja auch nicht wissen. So verabschiedet sie sich höflich von der mitteilsamen Betreiberin des Golfshops. Die Informationen, die sie zum Freitagabend erhalten hat, nimmt sie gerne mit.

Friedl schaut noch schnell in der Polizeiinspektion vorbei. Dort ist alles ruhig. Im Augenblick will niemand etwas von ihnen. Und weil genügend Zeit ist, entscheidet er sich mit dem Bike nach Egg zu fahren. Er wirft sich in die neuen kurzen Uniformhosen, die seit dem heurigen Jahr wegen zunehmender Hitzewellen zur Polizei-Ausstattung gehören. Etwas ungewohnt, aber bequem. Wie vereinbart erwartet ihn pünktlich um zehn Uhr der Hotelier an der Rezeption und bittet ihn in sein Büro.

„Nehmen Sie Platz, einen Kaffee vielleicht? Friedl verneint und fordert den Hotelier auf, ihn über die Geschäftslage des Golfplatzes zu unterrichten.

„Sie wollen also etwas über das Geschäft mit dem Golfplatz wissen. Das ist mir schon klar nach dem scheußlichen Vorfall vom letzten Freitag", gibt sich der Hotelier gesprächsbereit.

„Nun denn, für mich ist der Golfplatz eine lästige Angelegenheit. Totes Geld, das ich leider vor Jahren investiert habe, als alle von einem Golfboom redeten. Eine Dummheit. Mein Kerngeschäft sind die Hotels. Vier an der Zahl, die ich besitze. Das Hauptaugenmerk legen wir dabei auf den Wintertourismus. Der ist vielversprechend. Die neuen Liftanlagen und die Erweiterungen der Pisten in den letzten Jahren ziehen die Leute an. Da ist Action drinnen. Das bringt Geld."

Friedl wundert sich über diese Aussage. Im Hinterkopf hat er doch das Gejammer, dass es jedes Jahr weniger Schnee gibt und die Kosten für den künstlichen Schnee ins Unendliche klettern.

„Der Sommertourismus mit Golf bringt nichts. Zu wenig Masse, zu wenig junge Leute und zu hohe Kosten für den Betrieb. Wir verdienen nichts dabei."

„Ich habe erfahren, dass sich die Investoren uneinig

über den Fortbestand des Golfplatzes sind", will Friedl das Gespräch auf den Punkt bringen.

„Das ist richtig, hat aber mehrere Gründe. Zum einen, weil wirklich nichts zu verdienen ist. Der andere Grund ist der Platz selber. Ein Teil gehört Bartl. Da ist etwas nicht sauber. Der hat vor Jahren dort irgendwas im Erdreich deponiert. Vermutlich Fässer mit irgendwelchen Chemikalien, die er so kostengünstig entsorgt hat. An heißen Sommertagen, bei Ostwind, kann man es sogar riechen. Wenn da die Behörden draufkommen, gibt es einen riesigen Wirbel. Und ob des Skandals, den es dann geben wird, lässt sich der Platz nicht mehr an einen neuen Investor weiterverkaufen. Dann wird die ganze Immobilie auf einen Schlag wertlos."

„Wie stand Bartl zu der ganzen Sache?"

„Grundsätzlich stritt er alles ab. Er wäre der Einzige, der finanziell gut aussteigt, weil er ja auch noch Pacht für den Grund bezogen hat. Und unser Partner, der Rechtsanwalt, steht auf seiner Seite. Daher konnten wir uns nicht einigen den Golfplatz so rasch wie möglich abzustoßen. Investoren gibt es schon. Sie sehen also, nichts als Ärger."

Der Hotelier meint, vielleicht kommen wir mit Seftone, der die Anteile vermutlich erbt, einen Schritt weiter. Der scheint ja recht vernünftig und nicht so ein Sturschädel wie sein Vater zu sein.

„Wir hatten unzählige Gespräche zu diesem Thema. Bartl war nicht zu überzeugen. Ich persönlich halte das für ein Indiz, dass auf dem Platz etwas ganz gewaltig nicht in Ordnung ist und Bartl das unter der Decke halten wollte. Er lehnte sogar sehr gute Angebote ab", schließt der Hotelier seine Informationen ab.

„Sie haben da ja wirklich ein gutes Motiv, den Bartl aus dem Weg zu räumen, wenn man Ihnen so zuhört“, hakt Friedl provokant nach.

„Um Gottes Willen, wollen Sie mich oder den Bauunternehmer verdächtigen?“, entrüstet sich der Hotelier.

„Nein, Sie haben zur Tatzeit ja ein gutes Alibi. Ich mein ja nur, wie man so schön sagt, dass Sie wegen der Geschäfte, die nicht so laufen, wie Sie sich das vorstellen, dem Bartl am liebsten gern den Hals umgedreht hätten.“ Der Hotelier lacht.

„Denken wird wohl erlaubt sein. So, ich muss Sie jetzt bitten zu gehen. Für mich steht der nächste Termin an. Wie ich die Sache sehe, habe ich ja wohl deutlich genug gemacht.“

Friedl verabschiedet sich und macht sich auf den Weg zurück. Die Rückfahrt mit dem Bike ist für Friedl anstrengender, als er sich das vorgestellt hat. Es ist doch ein Unterschied, in der Freizeit oder im Dienst zu radeln. Er schafft es aber gegen Mittag nach Hittisau zurück.

Sandra ist nach der Befragung am Golfplatz wieder in der Polizeiinspektion und kümmert sich um das Tagesgeschäft, als ein älterer Herr in schwarzem Anzug und Hemd mit Kollar hereinkommt. Und das bei dieser Hitze. Sandra schätzt ihn auf über 80 Jahre. Sehr rüstig.

„Grüß Gott, Frau Inspektor!“, er platzt mit seinem Anliegen gleich heraus.

„Ich muss Ihnen was erzählen, Frau Inspektor. Es tut mir ja leid, dass ich erst jetzt komme. Bis gestern war ich verhindert. Ich war mit der Frauenrunde meiner Pfarrei auf einer Wallfahrt in Einsiedeln. Ich bin der Pfarrer von Riefensberg. Ich glaube, was ich zu sagen habe, das interessiert Sie."

Sandra denkt, hoffentlich kommt er bald zur Sache und fordert ihn auf fortzufahren.

„Der Pfarre gehört ein Stück Wald, zwischen dem Ort und dem Golfplatz. Den Wald bewirtschafte ich mit dem Mesmer zusammen. Das ist mein Hobby. Man kann auch sagen mein Sport. Es hält mich fit, auf meine alten Tage. Also, wie gesagt, ich bewirtschafte den Wald. Der ist in einem tadellosen Zustand. Es muss in nächster Zeit auch kein Holz herausgeschlagen werden. Die Bäume sind gesund und können noch weiter wachsen. In ein paar Jahren, vielleicht, schlagen wir etwas heraus. Das wäre dann ganz gut. Mit dem Holz könnten wir den Dachstuhl der Kirche renovieren."

Sandra wird ungeduldig. Auf was will der Pfarrer in seiner, wie er es nennt, Erzählung hinaus.

„Ja und dann habe ich aus den Medien vom Mord an Bartl erfahren. Es wurde auch berichtet, wo der Mörder gestanden sein soll. Wenn ich das richtig mitbekommen habe, dann war das am Waldrand unseres Pfarrwaldes. Da dachte ich mir, ich komm zu Ihnen, um Ihnen von einer, jetzt im Nachhinein betrachtet, eigenartigen Begebenheit zu berichten."

Mann, ist der Pfarrer umständlich, geht es ihr durch Kopf. Aber Sandras anfängliche Ungeduld schlägt immer mehr in Neugierde um.

„Es war im Frühjahr, als ich den Sepp von der Tannen mehrmals im Pfarrwald angetroffen habe. Unschuldig, sich harmlos umschauend. Ich habe ihn jedes Mal darauf aufmerksam gemacht, dass er hier nichts zu suchen habe. Dass es für ihn im Pfarrwald auch kein Geschäft zu machen gibt. Dass in nächster Zeit keine Bäume geschlagen werden. Und wenn geholzt und gesägt wird, das dann sicher ein Riefensberger Betrieb machen wird. Mich wunderte, warum der Sepp da herumgegangen ist. Man könnte fast sagen, herumspioniert hat. Ich kenne ihn ja von Kindesbeinen. Ich war als junger Kaplan sein Religionslehrer in Hittisau. Er war ein ordentlicher Strick. Er und der Bartl."

Als der Pfarrer geendet hat und Luft holt, fragt Sandra, ob sie das, was er ihr erzählt hat, offiziell zu Protokoll nehmen kann. Für den Akt. Der Pfarrer bejaht. Als die Prozedur erledigt ist, verabschiedet er sich und legt ihr diskret noch einen Flyer der Frauenrunde seiner Pfarrei auf den Tisch.

Nachdem der Pfarrer gegangen ist, kann sie sich endlich den E-Mails widmen. Das Bundesheer hat sich gemeldet. Im Anhang eine sehr umfangreiche Datei. Sandra öffnet sie. Nach kurzer Durchsicht ist ihre Vermutung bestätigt. Sepp von der Tannen hatte als junger Mann freiwillig den Wehrdienst verlängert und eine Scharfschützenausbildung durchlaufen und diese bei Truppenübungen bis zu seinem 40sten Lebensjahr immer wieder aufgefrischt. Auch Bartl Moosbrugger war zur selben Zeit beim Heer. Für Sandra sind die Verdachtsmomente gegen Sepp von der Tannen nun sehr klar. Er hat für die Tatzeit kein Alibi. Aufgrund seiner Ausbildung beim Heer ist ihm ein treffsicherer Schuss über diese enorme Distanz zuzutrauen. Er hat sich in der Gegend des Tatortes mehrmals umgesehen, obwohl es ihm vom Pfarrer untersagt wurde. Das Opfer, Bartl Moosbrugger, hatte ein Verhältnis mit seiner Frau. Gute Geschäfte und Freundschaft über lange Jahre sind in die Brüche gegangen. Obendrein ist er auch noch Jäger, was er ihnen bei der Befragung am Golfplatz verschwiegen und Geschäftliches vorgeschoben hat. Sie überlegt, ob Friedl das ähnlich sehen wird, als ihr Handy läutet.

„Hallo!, ich bin zurück. Komm in den Gastgarten vom Hirschen, es ist Mittagszeit. Da können wir in Ruhe unsere Erkenntnisse vom Vormittag austauschen und eine Kleinigkeit essen, bevor wir uns am Nachmittag wieder trennen."

Typisch Friedl. Wir stehen kurz vor dem, was man einen Durchbruch nennt, und er nimmt sich Zeit für ein Mittagessen. Na ja, warum nicht. Sie findet Friedl im schattigsten Teil des Gastgartens. Er ist von der Rückfahrt mit dem Fahrrad etwas verschwitzt.

„Nimm Platz, schön, dass du so schnell kommen konntest. Da bleibt uns etwas Zeit, in Ruhe den Stand der Ermittlungen zu besprechen. Um zwei Uhr müssen wir ja weiter. Wo habt ihr eure Kontrolle?"

„An der L 205 nach der Lingenauer Hochbrücke Richtung Müselbach. Es wird streng werden. Den 60er hält dort kaum einer ein. Gott sei Dank stehen wir nur eine Stunde. Danach bin ich wieder in der Inspektion. Wann bist du von der Schule zurück?"

„Ich denke so gegen vier. Kommt auf die Diskussionsfreudigkeit der Jugendlichen an. Länger sicher nicht."

Ihr Gespräch wird durch die Wirtin unterbrochen, die ihnen bei dem Wetter empfiehlt, den leichten Salat mit selbst angebauten Kräutern zu essen und dazu die von ihr kreierte herbe Kräuterlimonade gegen den Durst, die, wie sie scherzhaft mit einem Blick auf Friedl bemerkt, auch gegen übermäßiges Schwitzen hilft. Die Wirtin ist für ihre Kräuterweisheiten, mit denen sie nicht hinter dem Berg hält, bekannt. Nachdem das erledigt ist, können sie endlich in Ruhe reden. Sandra will zuerst wissen, was Friedl herausgefunden hat.

„Im Grunde genommen nichts Neues. Es dreht sich immer wieder um die gleichen Personen und Geschäfte. Außer, dass Bartl sich gegen den Verkauf des scheinbar nicht allzu gut gehenden Golfplatzes gestemmt hat. Der Hotelier vermutet, dass illegal entsorgter Müll auf dem Grund vergraben liegt und Bartl daher nicht an der Sache rütteln wollte. Im Sommer, bei Hitze, rieche man es sogar."

„Ich habe dich ja gefragt, ob du etwas riechst, als wir zwischen der siebten und achten Bahn auf den Präsidenten und Sepp von der Tannen gewartet haben." Friedl kann sich erinnern. Er hat aber nichts gerochen.

„Jetzt fällt es mir ein. Es riecht oder stinkt dort so wie auf meiner Joggingstrecke im Ried bei Lustenau. Dort ist ja die bekannte Mülldeponie, bei der auch nicht alles mit rechten Dingen zugegangen sein soll. Es ist eine Sauerei, einfach den Dreck vergraben und niemand will etwas davon gewusst haben." Sandra ist im Begriff vom Thema abzuschweifen.

„Halt, bleiben wir bei unserem Fall! Die Investoren hatten sicher viel Ärger untereinander. Dafür, einen kaltblütigen Mord zu planen und durchführen zu lassen, sehe ich keinen stichhaltigen Grund", unterbricht sie Friedl.

Friedl schätzt sowohl die Informationen des Präsidenten

als auch die Äußerungen des Hoteliers als schwerwiegend ein. Aber nicht so weit, dass man an ein Komplott gegen Bartl Moosbrugger denken muss. Sandra atmet tief durch. Jetzt ist sie mit ihren Informationen am Zug. Da werden sie von der Wirtin unterbrochen, die ihnen den Salat bringt. Obwohl Friedl andeutet, zuerst in Ruhe essen zu wollen, legt Sandra mit vollem Mund gleich los.

„Also, Sepp von der Tannen hat kein Alibi für die Tatzeit, das haben der Hofrat und die Golfshop-Betreiberin ausgesagt. Er sei erst nach acht Uhr zum Clubhaus gekommen. Sie haben auch keinen Schuss gehört, ich habe extra danach gefragt. Sepp von der Tannen hat wirklich eine Scharfschützenausbildung. Das Bundesheer ist auf zack, die Antwort auf unsere Anfrage ist zeitnah eingetroffen. Und was dir jetzt ganz neu sein wird, ich habe zwei weitere Hinweise bekommen. Ich hatte Besuch von der Geistlichkeit. Der Pfarrer von Riefensberg war heute Vormittag da und hat ausgesagt, dass er Sepp von der Tannen mehrmals im Pfarrwald, also in der Umgebung des Tatorts, angetroffen habe. Obwohl er ihm schon beim ersten Mal unmissverständlich gesagt habe, dass er im Pfarrwald nichts zu suchen hat. Der zweite Hinweis betrifft Sepps Aussage am Golfplatz. Er war nicht, wie er uns gesagt hat, geschäftlich unterwegs, bevor er zu der Besprechung des Präsidententurniers gekommen ist, er war auf der Jagd. Der hat uns doch glatt angelogen."

Die letzten Salatblätter verschlingend und die Soße mit der Semmel auftunkend, schaut Sandra Friedl fragend an.

„Das wird wohl für eine Vernehmung oder gar für eine Festnahme von Sepp von der Tannen reichen", stellt sie fest. „Wie siehst du das?"

„Ausgezeichnet! Endlich geht etwas weiter. Gleich nach der Schule versuche ich den diensthabenden Staatsanwalt zu erreichen. Ich werde ihm die Faktenlage schildern. Ich bin selbst gespannt, was da herauskommen wird. Ob es für eine Festnahme reicht oder ob wir ihn nur befragen dürfen. Ehrlich gesagt habe ich keine Ahnung, wie so etwas abläuft."

„Ich auch nicht. Lassen wir uns überraschen. Ich bin zumindest zufrieden, dass sich die Hinweise auf Sepp von der Tannen verdichtet haben. Für mich ist er zum Täter geworden. Irgendwie sagt mir das mein Bauch."

„Du mit deinem Bauchgefühl, aber ich gebe zu, die Spur ist eindeutiger geworden."

Beim letzten Schluck Kräuterlimonade beutelt es Friedl.

„Echt herb das Getränk! Ich lade dich ein und übernehme die Rechnung." Sandra bedankt sich.

„Wir treffen uns spätestens um vier Uhr in der Inspektion, klären die Sache mit der Staatsanwaltschaft und fahren dann raus in die Branderau und fühlen Sepp auf den Zahn. Bin gespannt."

Nachdem Friedl gezahlt und sich für den Tipp mit der Kräuterlimonade bei der Wirtin bedankt hat, verlassen sie den Hirschen. Sandra macht sich auf zur Verkehrskontrolle nach Müselbach und Friedl schwingt sich für den kurzen Weg zur Schule aufs Fahrrad.

Friedl geht gedanklich nochmals durch, welche Themen er heute mit den Schülern besprechen will. Da ist das geklaute Fahrrad von gestern. Das wird er thematisieren.

Das hat schon öfters funktioniert und das Rad wird wie von Geisterhand zurückgestellt. Ein Appell an das Gewissen der Jugendlichen wirkt hin und wieder Wunder. Vom Direktor wurde er schon vor Wochen gebeten das Thema Mobbing in den sozialen Medien aufzugreifen. Es scheint da in letzter Zeit einige Vorfälle gegeben zu haben, die die Schüler als harmlose Scherze einstufen. Es kann nicht schaden, wenn man ihnen recht drastisch die möglichen Folgen vor Augen hält. Auch die neueste Entwicklung, das Suchtmittelgesetz mit verstreuten Hanfsetzlingen zu umgehen, will er ansprechen. Die Pflanzen werden in den aus dem Boden sprießenden Growshops legal bezogen. Freunde, Bekannte, ahnungslose Tanten und Großmütter bekommen sie geschenkt. Wenn sie zum Blühen kommen, klappert man die Standorte ab und sammelt die Blüten ein, um sie zu trocknen und zu rauchen. Im Alter von 14 bis 16 Jahren sind die Jugendlichen recht kreativ und risikofreudig. Sie sollen sich halt wegen solcher Dummheiten nicht die Zukunft verbauen. Und da ist noch die leidige Sache, an der er schon seit Monaten dran ist. An der Fassade des Frauenmuseums tauchen immer wieder Graffitis auf: Überdimensionale Penisse. Ohne jemanden zu verdächtigen oder zu beschuldigen, will er das mit den Schülern besprechen. Etwas heikel ist es schon. Gut vorbereitet, betritt Friedl das Klassenzimmer.

Als Friedl gegen vier Uhr von der Schule kommt, ist Sandra schon in der Inspektion.

„Ich rufe die Staatsanwaltschaft an und kläre ab, wie die weitere Vorgangsweise aussieht."

„Mach das. Ich habe noch mit dem Papierkram der

Verkehrskontrolle genügend zu tun. War echt schlimm. Von 30 kontrollierten Fahrzeugen waren 25 zu schnell unterwegs. Wie war es in der Schule?"

„Es ist gut gelaufen, die Schüler waren voll super drauf."

Nach einem längeren Telefongespräch, in dem alle Fakten und Hinweise zum Verdacht des Mordes an Bartl Moosbrugger durch Sepp von der Tannen durchgekaut werden, gibt der diensthabende Staatsanwalt freie Hand zur Festnahme von Sepp von der Tannen. Natürlich nur unter genau einzuhaltenden Vorschriften. Falls etwas nicht ganz klar ist, muss auf jeden Fall Rücksprache gehalten werden. Keine übereilten Schritte. Friedl verdreht die Augen, als er das Gespräch geduldig mit allen Höflichkeitsformeln beendet.

„Los, wir fahren und holen uns den Sepp zur Vernehmung in die Inspektion. Wir können ihn bis zu 24 Stunden hier behalten. Es kommt Bewegung in den Fall!" Der sonst so ruhige Friedl ist plötzlich aufgeregt. So kennt ihn Sandra gar nicht.

Kurze Zeit später erreichen sie das Sägewerk und das daneben stehende Wohnhaus von Sepp von der Tannen. Beide Gebäude sind in die Jahre gekommen. Es sieht sehr ungepflegt aus. Auf dem Hof des Sägewerks, Richtung Bürogebäude gehend, treffen Friedl und Sandra einen Arbeiter und erkundigen sich, wo sie den Chef finden können.

„Der ist vor einer Stunde weg."

„Was heißt da weg?"

„Ja, halt, er ist nicht da und wird nicht mehr kommen."

„Weißt du wenigstens, wie wir ihn erreichen könnten?"

Der Arbeiter druckst herum.

„Hm, äh, er hat seine Golfsachen ins Auto gepackt und ist losgefahren. Äh, uns hat er nur kurz Bescheid gesagt, dass er am Freitag wieder da ist", kommt die Antwort etwas umständlich.

Da kann man nichts machen, der Vogel ist ausgeflogen. Friedl und Sandra fahren zurück zur Polizeistation um zu beraten, wie sie weiter vorgehen wollen.

„Ich hab eine Idee", beginnt Friedl kryptisch das Gespräch.

„Und die wäre?", erwidert Sandra.

„Versetz dich in Sepps Lage, was wäre in dieser Woche das Wichtigste für dich?"

„Hm", Sandra zögert, „Ja, beim Golfturnier als Sponsor groß dazustehen."

„Und weiter?"

„Vielleicht auch noch gut zu spielen?"

„Ja, was macht man dann?"

„Trainieren, vielleicht?", sagt Sandra.

„Genau, so sehe ich das. Sepp ist nicht auf der Flucht. Er hat sich zurückgezogen um sein Spiel zu verbessern. Die Frage ist nur, wo er sich aufhalten könnte?"

„Denk nach, wer uns das verraten könnte", führt Sandra das Rätseln fort. Friedl fällt auf die Schnelle nichts ein.

„Ich habe das Gefühl, dass Cindy sicher etwas weiß, ich ruf sie an, von Frau zu Frau erfahre ich sicher etwas."

„Okay, und ich telefoniere nochmals mit dem Staatsanwalt."

„Und, hast du was herausgefunden?"

„Ja und Nein. Cindy hat mir bestätigt, dass sich Sepp

vor Turnieren öfters in ein Golfresort nach Süddeutschland zurückzieht. Sie weiß aber nicht genau wohin. Auch der Präsident, der zufällig im Büro war, hat keine Ahnung. Was spricht der Staatsanwalt?“

„Der will eine Fahndung. Plötzlich ist Sepp von der Tannen dringend tatverdächtig. Der Staatsanwalt scheint Druck von oben bekommen zu haben. So vorsichtig wie beim ersten Telefonat war er nicht mehr. Mir scheint, er will einen schnellen Erfolg. Ich halte das mit der Fahndung, dazu noch grenzüberschreitend, für einen Unsinn. Kostet nur Geld und bringt uns im Augenblick nicht weiter. Bis die anläuft, taucht Sepp hier wieder auf und wir holen ihn uns.“

„Du willst also bis zum Turnier am Freitag zuwarten? Ich finde das riskant. Wir haben einen mutmaßlichen Täter und du machst zwei Tage nichts.“

„Na, so ist es auch wieder nicht. Ich hab einen Plan, wenn alles gut vorbereitet ist, geht der auch auf.“

„Dann lass mich wissen, was in deinem Kopf vorgeht.“

Friedl steht vom Schreibtisch auf und beginnt im Büro auf und ab zu gehen. Abrupt bleibt er stehen, und seine Überlegungen sprudeln wie von selbst aus ihm heraus.

„Gehen wir es psychologisch an. Sepp ist ein Großtuer, so scheint es. Im Grunde ist er ein Loser. Die Geschäfte gehen nicht mehr gut, seine Frau betrügt ihn mit seinem Jugendfreund und Geschäftspartner. Das Golfturnier mit seinem Sponsoring, obwohl er das alles vermutlich auf Pump macht, ist im Augenblick sein großes Ding. Ich bin mir sicher, er taucht pünktlich zum Turnier auf. Das ist ihm derzeit ganz wichtig. Er will im Mittelpunkt stehen. Unsere Indizien kann er in einem Verhör leugnen und relativieren. Ein bisschen in den Wäldern herumstreifen, eine Scharfschützenausbildung, ein leicht wackeliges Alibi, das alles streift uns sein Rechtsanwalt vom Tisch und Sepp spaziert zur Tür hinaus, als ob nichts gewesen wäre."

Friedl holt Luft, macht ein paar weitere Schritte durchs Büro und fährt mit seinen Abwägungen fort.

„Wenn wir ihn aber auf dem Golfplatz schnappen, nicht vor dem Turnier und nicht danach, sondern genau während des Turniers, bei seinem Abschlag an der vierten Bahn, habe ich das Gefühl, dass er auch gesteht, wenn an den Indizien etwas dran ist."

Sandra überdenkt Friedls Argumente. Beide schweigen eine Zeit lang.

„Gut, du ignorierst den Auftrag zur Fahndung nach Sepp von der Tannen, bist dir aber sicher, dass es so kommen wird: Sepp spielt das Turnier und die Verhaftung am Abschlag der Vier führt zu einem Geständnis."

„Bauchgefühl, nicht nur du." Jetzt müssen beide lachen.

„Wenn es schiefgeht, muss ich die Verantwortung übernehmen. Ich denke, das Risiko ist gering. Morgen fädeln wir die weitere Vorgangsweise ein. So, Schluss für heute. Ich muss zu den Kühen."

Im Gehen bittet er Sandra, am nächsten Morgen gleich wenn sie kommt, beim Lebensmittelgeschäft vorbei zu schauen, ob das verschwundene Fahrrad wieder aufgetaucht ist. Friedl wünscht ihr grinsend einen schönen Abend.

Julius, der Hahn, sitzt auf dem Zaun des Vorgartens und beobachtet seine Damen, die lustlos in der Erde scharren. Auch den Hühnern ist die Hitze langsam zu viel. Weit und breit kein Regenwurm. Julius kräht, als Friedl beim Hof eintrifft.

„Geh, Julius, wie oft muss ich dir das noch sagen, ein Hahn kräht am Morgen“, scherzt er mit dem Federvieh.

Alma, Brunella, Cäcilia, Dora und Elsa empfangen Friedl mit lautem Gemuhe. Bei der Stallarbeit überfallen ihn Selbstzweifel. Ob es wohl richtig ist die Fahndung nicht hinauszugeben und zuzuwarten? Und auch Sandra dadurch mit hineinzuziehen? Ganz in Ordnung ist es nicht. Aber irgendwie soll man doch vor Ort entscheiden. Der Staatsanwalt in Feldkirch, an seinem Schreibtisch, weiß ja nicht, wie die Menschen im Wald ticken. Beim Melken erzählt er seine Sorgen und Überlegungen einfach den Kühen. Sie sind dabei besonders ruhig. Friedl deutet das als gutes Zeichen, auch für seine Entscheidung. Etwas Ärger wird es vielleicht geben. Das ist aber auszuhalten.

Nachdem er die Milch in den Kühlraum gebracht hat, begibt er sich in den Wohnbereich. Besonders zufrieden ist er mit der erst kürzlich eingebauten Geruchsschleuse zwischen Stall und Wohnhaus. Sie hält den Stallgeruch tatsächlich fern. Friedl macht sich frisch, bereitet sich eine kleine Abendmahlzeit, Speckbrote und etwas Käse, die er im Garten an seinem Holztisch verzehrt. Es ist immer noch sehr heiß und weit und breit kein Anzeichen für ein Gewitter. Eigentlich ist es noch nicht spät und hell, so beschließt Friedl auf einen Sprung ins Dorf hinunter zu gehen, um in Gesellschaft ein Bier zu trinken und sich etwas umzuhören. Seine Wahl fällt auf den Ochsen.

Viel ist an diesem Dienstagabend nicht los. Die Kellnerin bringt ihm, nachdem er sich an den Stammtisch gesetzt hat, das Bier. Es ist eine kleine Runde. Da ist der Pfarrer von Riefensberg, der im Sommer aushilfsweise die Abendmesse in Hittisau liest und den Geschmack des süßen Messweins mit einem kräftigen Veltliner vertreibt. Sepps wortkarger Sägewerkarbeiter, den sie am Nachmittag angetroffen haben, sitzt ebenfalls am Tisch wie Igor vom Schiff nebenan, der seinen freien Abend hat. Igor eröffnet gleich das Gespräch.

„Na, Friedl, kommst du weiter mit dem Fall, war's der Sepp? Alle im Dorf tippen auf ihn. Ihr wart ja am Nachmittag draußen in der Branderau. Ist er der Mörder? Habt ihr ihn schon festgenommen?“

„Komm, lass diese Fragerei, du weißt genau, dass ich keine Auskunft geben darf“, erwidert Friedl.

Da mischt sich der wortkarge Arbeiter ein, dem, so scheint es, vom Bier die Zunge gelöst wurde.

„Ja, ja er ist weggefahren zum Golfspielen.“

„Habt ihr denn eine Fahndung laufen?“, bohrt Igor gleich nach.

Auch auf diese Frage kann Friedl keine Antwort geben.

„Wir sind dran“, weicht er mit einer nichtssagenden Bemerkung aus.

„Besonders gemocht habe ich den Sepp ja nie. Aber jetzt, nach dieser scheußlichen Tat, muss ich schon sagen, dass er eigentlich ein armer Hund war. Stellt euch einmal vor, was in einem Menschen vorgeht, bis er sich zu so etwas hinreißen lässt. In den letzten Jahren ist er immer sonderbarer geworden“, tut auch der Pfarrer seine Meinung kund.

Friedl bekommt den Eindruck, dass man sich am Stammtisch einig ist, wer Bartls Mörder ist.

„Wenn ich so nachdenke, kommt mir im Nachhinein etwas komisch vor“, setzt der Arbeiter umständlich zum Reden an.

„Bevor der Chef heute weggefahren ist, war er noch bei uns in der Säge und hat einen Werkzeugkasten geholt. Es sei etwas im Wohnhaus zu reparieren, hat er gesagt. So was hat er noch nie gemacht. Wenn was zu richten war, dann hat er immer einen von uns beauftragt und das machen lassen. Der Chef ist handwerklich nicht so geschickt.“

„Wie ist eigentlich der Sepp, so als Chef?“, will Friedl wissen.

„Schlecht zahlen tut er und ein Spinner ist er auch“, kommt die knappe Antwort vom Sägewerksarbeiter.

„Was meinst du mit Spinner?“, Friedls Interesse ist erwacht.

„Schau dir einmal das Jagdzimmer in seinem Wohnhaus an. Voll mit grausigen Trophäen. Einfach pervers. Hat er von seinen Jagdtouren aus Osteuropa mitgebracht. Er gibt höllisch damit an.“ Mit diesem Hinweis beendet der Arbeiter seine Informationen und wendet sich wieder seiner Hauptbeschäftigung im Ochsen zu, dem Biertrinken.

Friedl will noch mehr erfahren und unauffällig nachfragen, aber die Stammtischrunde interessiert das nicht weiter und das Gesprächsthema wechselt. Er ist stutzig geworden. Hat er etwas übersehen? Er verabschiedet sich und macht sich mit dem Fahrrad auf den Weg nach Hause. Er muss nachdenken.

Ja, er hat etwas übersehen. Die Tatwaffe. Die Spurensicherung vermutet ein Steyr SSG 04. Das Projektil wurde auch sichergestellt. Man hätte sich Sepps Wohnhaus am Nachmittag genauer ansehen müssen. Statt der mühsamen Diskussion mit dem Staatsanwalt über die Fahndung wäre es besser gewesen einen Durchsuchungsbefehl zu bekommen. Das mit dem Jagdzimmer ist auch höchst seltsam.

Unzufrieden kommt Friedl bei seinem Hof an. Er setzt sich in den Garten und denkt nach, wie der Fehler ausgemerzt werden kann. Morgen ist Mittwoch. Da kommt irgendwann im Laufe des Tages Walpurga, Sepps Frau, aus Finnland zurück. Die müssen sie möglichst rasch kontaktieren. Vielleich zeigt sie ihnen den Waffenschrank. Und ja, das Waffenregister einsehen. Missmutig geht Friedl zu Bett.

Sandra steht ratlos in ihrer kleinen Wohnung mitten im Zentrum von Dornbirn mit Blick auf den Stadtgarten und die Inatura. Sachen liegen herum. Etwas zögerlich entschließt sie sich die Unordnung zu beseitigen. Da sind etliche Kleidungsstücke und Toilettenartikel ihres Freundes, die sie in einen Müllsack stopft. Nach einer guten Stunde ist aufgeräumt und es ist wieder ihre Wohnung. Vergnügt probiert sie die neuen Kleidungsstücke, die sie beim Late-night-shopping erstanden hat und riecht an dem neuen Parfüm. Sie ist im Begriff sich zu verändern.

Draußen dämmert es schon, als sie sich mit einem Glas Wein auf den kleinen Balkon setzt und dem Treiben der Leute im Stadtpark zuschaut. Sie ist seit langem wieder einmal zufrieden mit sich selbst. Nach dem abgebrochenen

Jusstudium und der langweiligen Beschäftigung in einer Steuerberatungskanzlei, war der Besuch der Polizeischule eine Notlösung. Auch die Zuweisung an die Dienststelle in Hittisau hat sie nicht besonders gefreut.

Mit Friedl, ihrem Chef, versteht sie sich gut. Etwas eigenbrötlerisch ist er. Aber die Zusammenarbeit klappt. Die Polizeiarbeit beginnt ihr langsam Spaß zu machen, obwohl der Mord am Golfplatz doch Grenzen aufzeigt. Ob sie wohl zu einer Lösung finden? Auf alle Fälle beneidet sie jetzt nicht mehr ihre Mitschülerinnen, die irgendwo auf der Welt verstreut in einem Studium stecken. Beim letzten Blick in den Park, bevor sie sich schlafen legt, beginnt sie sich auf das Ende der Woche zu freuen. Sommeryoga im Stadtgarten startet. Sie nimmt sich vor regelmäßig hinzugehen.

#06

Friedl schreckt auf, er wird aus irgendeinem Albtraum geweckt. Sein Handy läutet. Es liegt auf dem Nachttisch.

„Ja", meldet er sich. Es ist Seftone, der ihn bittet, sofort zum Haus seines Vaters zu kommen. Genaueres wird er dort erfahren. Seftone klingt angespannt. Die Bitte ist kryptisch. Friedl schlüpft in seine Jeans, zieht ein Shirt über, schnappt sich den Rucksack und macht sich mit dem Fahrrad auf den Weg. Bis zur Parzelle Brand ist es nicht weit. Als er die Hauptstraße quert, schlägt die Kirchturmuhr zwölf. Beim Haus angekommen, empfängt ihn Seftone vor der Haustüre. Er drückt sich einen Eisbeutel auf den Hinterkopf und stöhnt.

„Was ist los, Seftone?", ruft Friedl, als er vom Fahrrad steigt.

„Komm mit auf die Veranda", antwortet Seftone und führt ihn etwas umständlich durchs Haus zu einer gemütlichen Veranda, die sich zum Garten hin öffnet. Seftone lässt sich ächzend auf einen der Stühle fallen. Er deutet Friedl, dass er auch Platz nehmen soll. Auf dem Tisch liegen einige Aktenordner.

„Danke, dass du so schnell gekommen bist!"

„Ist eh klar, jetzt erzähl schon, was ist passiert?", fordert Friedl ihn auf zu reden. Seftone berichtet, dass er sich an diesem Abend endlich aufgerafft hat geschäftliche Unterlagen seines Vaters durchzusehen. Am Montag ist doch das Begräbnis. Hier auf der Veranda ist er gesessen und hat in den Geschäftsunterlagen gelesen, als ihn plötzlich von hinten ein Schlag am Kopf getroffen hat.

„Es tut jetzt noch sauweh. Ich muss für kurze Zeit

bewusstlos gewesen sein. Als ich wieder zu mir gekommen bin, da habe ich dich angerufen."

„Jetzt mal langsam", antwortet Friedl.

„Kannst du mir den Zeitraum eingrenzen und fehlt was?"

„Ich denke, dass ich eine halbe Stunde außer Gefecht war, so zwischen elf und halb zwölf. Fehlen ja, im Haus ist nichts weg, das habe ich durchgeschaut. Aber da schau auf den Tisch. Ich bin mir sicher, dass ich diesen roten Aktenordner nicht aufgeschlagen habe. Jetzt ist er aufgeschlagen und ein Blatt ist herausgerissen."

Friedl kramt Einweghandschuhe aus dem Rucksack und nimmt sich den Ordner vor.

„Den Ordner habe ich noch gar nicht angesehen", bemerkt Seftone.

Friedl liest das Blatt, von dem das Zweite fehlt, murmelnd.

„Private Vereinbarung zwischen Bartl Moosbrugger und dem Bürgermeister. Interessant."

Aufgesetzt und beurkundet ist die Vereinbarung vom Rechtsanwalt aus Lustenau. Die Seite mit dem Inhalt des Vertrages ist weg.

„Ist dir beim Angriff etwas aufgefallen, hast du etwas bemerkt oder gesehen?"

„Nein, gar nichts. Der Schlag ist wie aus heiterem Himmel gekommen."

„Darf ich die verbliebene Seite mitnehmen?", fragt Friedl. Er ist etwas verwirrt. Der Fall scheint immer komplizierter zu werden. Seftone stimmt zu.

„Mehr können wir nicht machen, lass deine Beule anschauen. Sieht nicht gut aus. Soll ich dir einen Arzt rufen?"

„Danke, brauchst du nicht, ich komm schon klar."

„Dann mache ich mich auf den Weg, es ist ja auch schon spät." Friedl verpackt das Blatt sorgfältig in eine Klarsichthülle, steckt diese in den Rucksack. Kurz überlegt er die Spurensicherung zu verständigen, verwirft den Gedanken aber gleich. Nichtssagende Fußspuren im Garten würde man vielleicht finden. Das rentiert den Aufwand nicht.

„Wenn was ist, dann melde dich!", verabschiedet er sich.

Sepp von der Tannen sitzt schon leicht angetrunken auf der Terrasse seines Bungalows in einem Golfresort in Süddeutschland und schwitzt vor sich hin. Es ist kurz vor Mitternacht und unerträglich schwül. Die Dinge haben sich nicht so entwickelt, wie er sich das vorgestellt hat. Die Trainerstunde am frühen Abend war für die Katz. Den Pro, den er dafür immer gebucht hat, gibt es nicht mehr. Der hat den Golfplatz gewechselt. Mit dem Neuen konnte er nichts anfangen. Das Üben eines neuen Griffes, um Schwung und Schlag zu verbessern, brachte nichts. Sepp ist total frustriert. Er öffnet umständlich das fünfte Bier. Nach einem langen Zug und einem lauten Rülpser kommt er ins Sinnieren.

Er ist sich nicht mehr sicher, ob die Manipulationen, die er am Kamin seines Wohnhauses vorgenommen hat, greifen werden. Hoffentlich nimmt Walpurga wie immer ihre Schlafmittel, dann wird sie nichts merken.

Es hätte nie so weit kommen dürfen. Die Tat, die er so lange geplant und kaltblütig durchgeführt hat, lastet schwer auf ihm. Da muss er jetzt durch, irgendwann wird es durchgestanden sein. Es ist eine Frage der Zeit, bis ihm die Polizei auf die Schliche kommt. Daran will er gar nicht denken.

Eigentlich hat sich alles gut entwickelt. Sie waren Freunde von Kindesbeinen an. Sind miteinander zur Schule gegangen. Gern erinnert er sich an den Unfug, den sie gemeinsam ausgeheckt haben um Lehrer und Mitschüler zu ärgern. Der Kaplan und der Schuldirektor, in ihrer verknöcherten Art, waren oft Opfer ihrer Streiche. Und irgendwann ist man älter und reifer. Man arbeitet gut zusammen. Bartl lässt das Holz bei ihm sägen, er macht ihm einen guten Preis. Ja, bis eines Tages die Idee geboren wurde, das Holz als typisches Landesprodukt gemeinsam zu vermarkten. Wälder Bretter, Wälder Balken. WB ist ihre Firma, sie steht für in der Region gewachsenes und verarbeitetes Holz. Bartl als Holzlieferant und Sepp als Säger. Das Geschäft floriert. Man ist Hauptlieferant für mit Teeröl behandelte Masten. Die Stromerzeuger konnten nie genug davon bekommen. Die Nachfrage überstieg das Angebot. Ja, und dann sind sie der Gier verfallen. Oder hineingeschlittert. Wer auf die Idee gekommen ist, weiß niemand mehr. Auf jeden Fall wurde Holz aus Tschechien zugekauft und in Nacht- und Nebelaktionen auf dem Hof der Säge unter das Holz aus Bartls Wäldern gemischt. Nur ganz wenige waren eingeweiht, zum Schweigen verurteilt. Man hatte sie in der Hand, Dreck am Stecken hatten sie alle. Es waren Jahre, in denen viel Geld gemacht wurde. Auch Förderungen für Regionalität wurden kassiert, dem Finanzamt möglichst wenig preisgegeben. Ein gutes Geschäftsmodell, etwas abseits der Legalität. Aber sehr beliebt, bis heute.

Dann kam der Bruch. Ja, der Bartl hat das Geld immer

wieder gut untergebracht. Da und dort investiert. Blöd ist er, saublöd, wirft sich Sepp selber vor.

Die Fässer mit Problemstoffen, die ihm Bartl immer abgenommen hat um sie unbemerkt zu entsorgen, ließ sich dieser auch noch bezahlen. Viel Geld hat er ihm gegeben, damit der giftige Dreck, der bei der Imprägnierung des Holzes angefallen ist, spurlos verschwindet. Sepp, die Bearbeitung des Holzes liegt beim Sägewerk, ich bin nur der Lieferant, bekam er von Bartl immer wieder zu hören. Bei Auseinandersetzungen, die immer heftiger wurden, setzte Bartl diese Gefälligkeit, wie er sagte, auch als Druckmittel ein. Der Sauhund! So ein Theater wegen einer Kleinigkeit. Machen doch alle so.

Bartl wurde immer stärker. Hatte immer mehr die Nase vorne. Nach und nach zerbrach die Freundschaft. Geschäftlich ist man noch aneinander gebunden. Wälder Bretter, Wälder Balken, WB gibt es ja noch. Aber mittlerweile beliefert Bartl auch andere Sägen. Verräter!

Er hätte früher umdenken müssen. Ihm fehlte zum richtigen Zeitpunkt der Riecher, den Bartl immer hatte. Mit dem erwirtschafteten Geld das Sägewerk zu modernisieren und zu erweitern, gelang nicht. Der Platz in der Branderau ist zu beengt und die Umweltauflagen, seit die Grünen im Dorf mitregieren, wurden auch immer mehr. Und ins Land hinauszuziehen kam für ihn nie in Frage. Das ganze Geld hat nichts genützt und ist, so wie es aufgetaucht ist, auch wieder verschwunden. Scheiße. Ich bin auf der ganzen Strecke ein Versager.

Sepps Gedanken driften von der enttäuschten Freundschafts- und Geschäftsbeziehung in Richtung Privatleben. Die Ehe mit Walpurga ist schon früh gescheitert, gesteht er sich ein. Eigentlich hätte er sie nie heiraten dürfen. Sie sind nur noch zusammen, weil Walpurga in früheren Jahren viel Geld in das Sägewerk gesteckt hat. Eine Scheidung kommt nicht in Frage. Das wäre für ihn und die Mitarbeiter der Ruin.

Sie ist ihm immer überlegen. Gewinnt jedes Wortgefecht. Manchmal hat er richtig Angst vor ihr. Dieses Miststück. Sepp wird zunehmend betrunkener, dennoch bleibt er weiter auf der Terrasse sitzen und hängt seinen Hirngespinsten nach. Wenn das mit dem Kamin klappt, dann bin ich sie endlich los. Das Luder. Dass sie sich mit jedem ins Bett legt, ist ihm ja noch egal, aber eine Beziehung mit dem Bartl einzugehen und sich mit ihm öffentlich zu zeigen, das ist zu viel für ihn. Irgendwann muss Schluss sein. Wer A sagt, muss auch B sagen. Ein oder zwei Morde, auch schon egal, scheißegal. Ich bin doch kein vollkommener Trottel. Die blöde Hure, die verdammte, vor sich hin murmelnd, kippt er sturzbetrunken aus dem Sessel und schläft am Boden ein.

Walpurga von der Tannen ist die ganze Nacht durchgefahren. Von Utsjoki im äußersten Norden Finnlands bis zum Flughafen in Helsinki sind es 1200 Kilometer. Es regnet oft. Die Fahrt ist, trotz der Helligkeit nordischer Sommernächte, sehr mühsam. Dennoch ist sie zufrieden. Es wird im Herbst zu einer Sonderschau finnischer Trachten und Gebrauchsgegenstände im Frauenmuseum kommen. Die Verhandlungen mit den Museumsmitarbeiterinnen in Utsjoki sind gut verlaufen. Vor allem das Interesse, im Gegenzug im Frühjahr in Utsjoki Wäldertrachten zu zeigen, freut sie besonders.

In den frühen Morgenstunden ist am Flughafen nicht viel los. Nachdem sie den Mietwagen zurückgestellt hat, verläuft der Check-in flott und sie hat Zeit, im Wartebereich des Gates endlich ihre Mails, SMS und WhatsApp zu checken. Aus irgendeinem Grund hatte sie in Utsjoki keinen Empfang.

Walpurga trifft beinahe der Schlag, als sie eine Nachricht von ihrer Freundin liest, dass Bartl hinterrücks ermordet wurde. Rasch öffnet sie hintereinander verschiedene Medienportale. Sie kann nicht glauben, was da geschrieben steht. Von Sepp ist keine Nachricht dabei. Sie muss das Handy wegstecken, als das Gate geöffnet wird und das Boarding beginnt.

Nach dem Start, im Wegdämmern, gehen ihr sprunghaft viele Gedanken durch den Kopf. Wer kann das getan haben? Bartl war beliebt. Na ja, ein eiskalter Geschäftsmann. Aber um einen Mord zu verüben, da braucht es doch schwerwiegendere Gründe. Irgendetwas nagt an ihr. Immer wieder taucht Sepp in ihren diffusen Gedanken auf. Was, wenn Sepp hinter der Sache steckt? War es ihr Verhältnis mit Bartl, das zur Tat führte? Sie verwirft diese Überlegung.

Verhältnisse zu Männern hatte sie in den letzten Jahren viele. Das kann doch für Sepp kein Grund gewesen sein. Sie ist überzeugt, dass da irgendwas, das nichts mit ihr zu tun hat, vorgegangen ist. Dennoch, sie muss mit Sepp reden. So kann es auf Dauer mit ihrer Ehe und dem Geschäft sowieso nicht weitergehen. Sie will endlich frei sein und er soll das Geld herausrücken, auch wenn dabei die Säge bankrott geht. Ihr Wissen über die Geschäftsvorgänge zwischen Bartl und Sepp wird sie für sich behalten.

Kurzzeitige Trauer überfällt sie wegen Bartls Tod. Aber irgendwie auch Lebenslust. Es war ein Verhältnis, na und. Mit Sepp reden ja, aber wann? Derzeit ist da nichts zu machen. Vor diesem doofen Golfturnier ist er nicht ansprechbar. Vielleicht nächste Woche. Auf alle Fälle, wenn sie mittags zu Hause ist, will sie alles in Ruhe einmal überschlafen.

#07

Am Mittwoch in der Früh kommt Sandra ohne Stau am Kreisverkehr Dornbirn-Nord durch. Auch der Achraintunnel ist nur mäßig frequentiert. Das heitert sie etwas auf. Irgendwas lastet dennoch auf ihr. Trotz des ruhigen Abends, den sie verbracht hat, hat sie in der Nacht nicht gut geschlafen. Ist es der Mordfall, der an ihr nagt? Schon kurz vor sieben Uhr ist sie in der Polizeiinspektion in Hittisau. Wie beauftragt, kontrolliert sie den Fahrradabstellplatz vor dem gegenüber gelegenen Lebensmittelgeschäft. Das verschwundene Fahrrad steht da. Erstaunlich.

Gedankenverloren brüht sie Grüntee auf und startete die PCs. Da steht Friedl, ganz gegen seine Gewohnheiten, auch schon im Büro. Sein Bürstenhaarschnitt ist verdrückt, zudem ist er unrasiert.

„Guten Morgen! Wie siehst du denn aus. Ist etwas?“

„Kann man wohl sagen, ich hatte eine lange Nacht. Seftone wurde überfallen. Es geht ihm soweit ganz gut, aber ein interessantes Papier ist verschwunden.“

Friedl berichtet, was letzte Nacht geschehen ist und natürlich auch von der privaten Vereinbarung zwischen Bartl und dem Bürgermeister. Er pinnt die Klarsichthülle an die Wand.

„Sei so gut und vereinbare mit dem Rechtsanwalt aus Lustenau einen Termin. Er soll zu uns kommen. Ich möchte wissen, was es mit der Vereinbarung auf sich hat.“ Missmutig lässt sich Friedl in den Bürostuhl fallen.

„Wird erledigt.“

„Zudem ärgere ich mich“, fährt er fort.

„Jetzt komm einmal zur Ruhe. Worüber ärgerst du dich?“ Sandra versucht ihren Chef zu beruhigen.

„Wir haben etwas übersehen. Wir haben nicht nach der Tatwaffe gesucht. Statt mit dem Staatsanwalt so lange über die Fahndung zu diskutieren, wäre ein Hausdurchsuchungsbefehl gescheiter gewesen. Kannst du dich bitte im Waffenregister schlau machen, welche Waffen Sepp von der Tannen besitzt? Wir wissen mittlerweile ja, dass er Jäger ist. Achte darauf, ob ein Steyr SSG 04 darunter ist. Die Spurensicherung vermutet ja diesen Waffentyp.“

Friedl berichtet Sandra auch von den Gesprächen, gestern Abend im Ochsen. Vor allem das, was der Sägewerksarbeiter berichtet hat.

„Es gibt da scheinbar ein sonderbares Jagdzimmer, das sich Sepp eingerichtet hat. Genaueres habe ich nicht erfahren. Am Stammtisch frage ich nicht gerne nach. Ich höre nur aufmerksam zu.“

„Wichtig wäre zu wissen, was der Sepp in seinem Wohnhaus gemacht hat. Wir müssen so schnell wie möglich Walpurga von der Tannen erreichen. Wann soll sie wieder da sein?“

„Zu Mittag oder am frühen Nachmittag, habe ich in Erinnerung. Sollte die Angabe von Sepp stimmen.“

Erst jetzt bemerkt er den frisch aufgebrühten Grüntee. Das hellt seine schlechte Laune etwas auf. Er bedankt sich bei Sandra.

„Diese Vereinbarung lässt mir keine Ruhe. Hat sie etwas mit dem Mord zu tun? Könnte da noch eine neue Spur ins Spiel kommen. Was meinst du?“

„Ich weiß nicht. Nur so viel, der Bürgermeister hat zum Tatzeitpunkt ein Alibi. Warten wir zu, bis wir wissen, was wirklich in der Vereinbarung steht."

Sandra spürt die Ratlosigkeit, die bei Friedl in dieser Nacht ausgebrochen ist. Sie versucht es daher mit erfreulichen Nachrichten.

„Ach, übrigens das verschwundene Fahrrad steht wieder beim Lebensmittelgeschäft. Hast du was geahnt?"

„Erfahrung, liebe Sandra. Das werde ich dir ein anderes Mal verraten. Wenigstens fängt der Tag mit einem Erfolg an. Ich werde die Frau, die den Diebstahl gemeldet hat, gleich verständigen."

„Wenn wir schon von Erfolg sprechen. Es ist die Meldung hereingekommen, dass die Zechpreller vom Hotel Schiff in der Schweiz festgenommen wurden. Aufgrund der guten Personenbeschreibung ist eine Hotelangestellte im Appenzell stutzig geworden und hat die Polizei informiert."

„Super! Lass uns kurz den Tag strukturieren. Ich gehe raus zum Schiff. Nein, ich nehme das Fahrrad und mache den Antrittsbesuch beim Bundespräsidenten. Da kann ich den Leuten vom Schiff auch gleich die gute Botschaft, dass die Betrüger gefasst sind, überbringen. Die werden sich freuen", sagt Friedl.

Ob sie das Geld sehen werden, ist fraglich. Es ist zu hoffen. Friedl fordert Sandra auf die Stellung im Büro zu halten und einen Termin mit dem Rechtsanwalt zu vereinbaren. Am frühen Nachmittag werden sie in die Branderau hinaus fahren. Da müsste Walpurga schon zu Hause sein.

„Danach planen wir die Vorgehensweise zu Sepps Verhaftung beim Turnier am Freitag. Ich hab da eine Idee", schließt Friedl die Tagesplanung ab.

„Gut, ich kümmere mich um den Termin und schaue,

was die Abfrage im Waffenregister hergibt“, fasst Sandra zusammen.

„Eine Frage habe ich noch. Ich werde das Gefühl nicht los, dass die Vertreter der Medien langsam unruhig werden und uns mit Anrufen und Mails bombardieren. Immerhin sind wir schon fünf Tage am Ermitteln.“

„Was soll ich denen sagen?“

„Heiße Spur, noch alles offen, ja keine Namen und Verdächtigungen. Es ist aber eh egal, sie schreiben sowieso, was sie wollen. Wenn es geht, deute an, dass am Freitag am späteren Nachmittag eine Pressekonferenz geplant ist.“

„Okay, geht in Ordnung.“

Im Schiff angekommen, trifft Friedl bei der Rezeption den Besitzer und berichtet ihm, dass das Betrügerpaar gefasst wurde. Der Hotelier freut sich, ist aber bezüglich der offenen Rechnung skeptisch. Aber es ist schon einmal gut, dass sie erwischt wurden.

„Du kommst zum Antrittsbesuch beim Bundespräsidenten?“

„Ja, wo finde ich ihn?“

„Er sitzt mit seiner Gattin hinten in der Stube, beim späten Frühstück. Der Protokollchef steht im Gang und schirmt ihn ab.“

„Ich kenne mich aus, danke!“

„Ah, der Herr Polizeiinspektor Natter macht seine Aufwartung“, wird Friedl vom Protokollchef in Empfang genommen.

„Lassen Sie mal sehen, ob Ihre Uniform auch tadellos sitzt. Den Krawattenknopf müssen Sie etwas gerade rücken.“ Der Protokollchef mustert Friedl von oben bis unten.

„Ich melde Sie beim Herrn Bundespräsidenten an."

Und schon entschwindet er mit wichtiger Miene Richtung Stube. Kurz darauf kehrt er zurück und teilt Friedl mit, dass er nun zum Bundespräsidenten hineingehen kann. Der Präsident und seine Gattin begrüßen Friedl und bitten ihn am Frühstückstisch Platz zu nehmen. Friedl erkundigt sich nach dem werten Befinden. Er ist darauf eingestellt, dass es zum üblichen Smalltalk über die Sicherheit im ländlichen Raum kommt. Es überrascht ihn, als der Bundespräsident unvermittelt auf den Mord am Golfplatz zu sprechen kommt.

„Wie kommen Sie im Mordfall voran?"

„Eigentlich soll ich Sie mit dieser Sache nicht behelligen."

„Papperlapapp, ich bin informiert."

Zwischen Friedl und dem Bundespräsidenten entwickelt sich ein gutes Gespräch über den Stand der Dinge im aktuellen Fall. Auch die Gattin nimmt regen Anteil und hat so ihre Theorien über Männer und Frauen und gescheiterte Beziehungen. Friedl findet interessant, was sie sagt. Nach einer knappen halben Stunde ist das Gespräch beendet.

„Es war nett, mit Ihnen zu plaudern", der Bundespräsident verabschiedet Friedl und wünscht ihm alles Gute für die weiteren Ermittlungen.

„Ich halte mich auf jeden Fall auf dem Laufenden. Vielleicht können Sie den Fall bald abschließen. Habe die Ehre, Herr Inspektor!", merkt der Präsident noch an, als Friedl schon unter dem niedrigen Türstock der alten Gaststube steht.

Auf dem Weg hinaus sortiert Friedl seine Eindrücke.

Eigentlich ein sympathischer Mann. Schade, dass seine Amtszeit so holprig begonnen hat. Der lange Wahlkampf und die verwirrende Äußerung zum Kopftuchtragen sind bei den Menschen nicht so gut angekommen. Der Präsident scheint etwas umständlich zu denken. Hoffentlich stutzt er sich vor der morgigen Festspieleröffnung noch seinen Dreitagebart, er würde jünger wirken. Und, ja, er nuschelt altersbedingt schon stark.

Gerade als er sich vor dem Schiff auf das Fahrrad schwingt, kommt aufgeregt der Bürgermeister, auch auf dem Weg zum Antrittsbesuch beim Bundespräsidenten, um die Ecke.

„Servus Friedl. Halt an, ich muss mit dir reden!" Friedl bleibt stehen.

„Grüß dich, was gibt es denn?" Der Bürgermeister ist außer Atem, sichtlich nervös vor seiner Begegnung mit dem Präsidenten und irgendwie fuchsteufelswild.

„Friedl, das kann nicht sein, dass du den Sepp verdächtigst. Ich habe ihn doch am besagten Abend am Golfplatz gesehen. Sepp ist unschuldig. Unser Dorf ist doch kein Ort, in dem Verbrecher zu Hause sind. Such intensiver nach dem richtigen Täter und lass den Sepp in Ruhe. Deine Langsamkeit geht mir auf die Nerven. Das ganze Dorf ist in Aufregung und du bringst nichts weiter. Zudem, was hast du in der Schule über die Pornoschmierereien am Frauenmuseum verzapft? Eltern haben sich bei mir beschwert. Über so was redet man doch nicht mit Schülern."

Bei all dem geballten Unfug, den der Bürgermeister von sich gibt, kann Friedl nur den Kopf schütteln und sich schleunigst aus dem Staub machen.

„Wirst schon sehen, der Fall ist spätestens am Freitag gelöst!“, ruft er ihm noch nach.

Zurück in der Polizeiinspektion muss Friedl der neugierigen Sandra, die ihn gleich mit „Wie war es?“ bestürmt, berichten. Dass er den Bundespräsidenten nett findet, sei sowieso klar. Auf das Zusammentreffen mit dem Bürgermeister hätte er verzichten können. Der ist doch tatsächlich der Meinung, der Sepp sei unschuldig. Nur weil er ihn am Golfplatz gesehen hat.

„Ich hab ihn einfach stehen lassen und ignoriert. Dieses inkompetente Herumnörgeln kann ich einfach nicht leiden. Er soll seine Arbeit machen und ich mache meine.“

„Stichwort Arbeit, Presseanfragen sind hereingekommen. Ich habe sie, so gut es ging, beantwortet. Lästig können diese Reporter aber schon sein. Aber letztlich haben sie sich mit der angedachten Pressekonferenz am Freitagnachmittag zufrieden gegeben. Es gibt wohl in den Tagen der Festspieleröffnung genügend über Künstler und Adabeis zu berichten.“

„Ist zur Abfrage im Waffenregister etwas hereingekommen?“

„Ja, offiziell gemeldet hat Sepp von der Tannen nur zwei Gewehre. Ein Steyr Mannlicher Duett und ein SM12. Ein SSG 04 scheint nicht auf. Was ja nichts zu bedeuten hat. Nicht gemeldete Waffen sind ja in Hülle und Fülle unter den Leuten. So blöd ist Sepp von der Tannen auch wieder nicht, dass er mit einer registrierten Waffe einen Mord begehen würde. Du hast dir umsonst Sorgen gemacht.“

„Danke und der Rechtsanwalt?“

„Ja, der Rechtsanwalt hat eine zickige, arrogante Sekretärin. Aber wir haben einen Termin. Er kommt morgen um die Mittagszeit. Genauer ging es nicht. Er kommt direkt vom Gericht."

Friedl und Sandra wollen sich gerade auf den Weg hinaus in die Branderau machen um Walpurga aufzusuchen, als Friedls Handy läutet. Zuerst ist nur ein Rauschen zu hören.

„Hallo, Friedl Natter, Polizeiinspektion Hittisau", meldet sich Friedl mehrmals. Nach und nach kann er die krächzende Stimme etwas deutlicher vernehmen.

„Rauch steigt auf beim Wohnhaus vom Sepp."

„Bitte, genauer, wer spricht und was ist los?"

„Ich bin´s, der alte Schuldirektor. Von meinem Haus sehe ich zum Sepp hinüber und da steigen dichte Rauchschwaden aus dem Kamin und das bei der Hitze im Sommer. Das ist ungewöhnlich." Die Verbindung bricht ab.

„Wir müssen uns beeilen und sofort hinaus in die Branderau zu Sepps Haus. Der alte Schuldirektor meldet, dass dort Rauch aus dem Kamin steigt. Das ist bei dem Wetter nicht normal."

Sie verlassen die Inspektion, mit Blaulicht und Folgetonhorn rasen sie Richtung Branderau. Während der halsbrecherischen Fahrt fordert Friedl Sandra auf, auch gleich die Feuerwehr zu verständigen. Man weiß ja nie.

Am Vorplatz des Sägewerkes angekommen, sehen sie ein paar Arbeiter damit beschäftigt große Holzstämme in die Sägewerkshalle zu befördern. Aus dem Kamin des Wohnhauses steigt tatsächlich ordentlich Rauch auf. Trotz des Krachs der Maschinen werden die Arbeiter auf das einfahrende Polizeifahrzeug aufmerksam.

„Was ist los?“, brüllt einer der Arbeiter.

„Seht ihr das nicht?“, Sandra deutet zum Wohnhaus.

„Da steigt im Hochsommer Rauch auf. Ist euch das nicht aufgefallen?“ Die Arbeiter verneinen und gemeinsam mit Friedl und Sandra machen sie sich über den Platz des Sägewerkes zum Wohnhaus auf.

„Ist Walpurga eigentlich schon da“, fragt Friedl einen der Arbeiter.

„Ja, die ist vor gut zwei Stunden gekommen. Ich hab sie hineingehen sehen. Müde hat sie ausgeschaut.“

Beim Haus angekommen, versuchen sie hineinzukommen. Die Eingangstüre ist versperrt und die Terrassentür verriegelt. Die schweren Holzläden sind fest verschlossen. Friedl und Sandra können nichts machen. Die Arbeiter rütteln vergeblich an Tür und Läden. Die Sirene des Feuerwehrautos ertönt schon aus der Nähe.

„Was ist los?“, donnert die laute Stimme des Feuerwehrkommandanten über den Vorplatz des Sägewerkes, als er aus dem Fahrzeug springt. Friedl ist froh, dass der hünenhafte Ignaz Spritzer den Trupp anführt. Sie sind seit Jugendjahren miteinander befreundet.

„Irgendwas stimmt hier nicht. Du siehst ja den Rauch aus dem Kamin aufsteigen. Das ist ungewöhnlich. Schaut bitte ins Haus.“ Ignaz und seinem Trupp ist sofort klar, was zu tun ist.

„Wissen wir, ob jemand drinnen ist?“, erkundigt sich Ignaz.

„Ja, Walpurga.“ Die Feuerwehrleute richten die Gerätschaft, um die schwere, verschlossene Holztür aufzubrechen. Ignaz stellt sich zu Friedl und Sandra und gibt seinen

Leuten immer wieder kurze Anweisungen.

„Wir schicken gleich zwei Leute mit Atemschutz hinein. Sicher ist sicher."

Nach kurzer Zeit ist die Tür aufgebrochen und die Feuerwehrleute stürmen das Haus. Friedl und Sandra treten nervös von einem Bein aufs andere.

„Das haben wir gleich", beruhigt sie der Kommandant, da knistert sein Funkgerät.

„Rauch überall im oberen Stock. Bewusstlose weibliche Person im Schlafzimmer gefunden. Wir bringen sie so schnell wie möglich raus."

Nach einem kurzen Wortwechsel mit dem Kommandanten zur Situation, ruft Friedl sofort die Einsatzleitzentrale des Landes und fordert den Rettungshubschrauber an. Die Feuerwehrleute bringen die bewusstlose Walpurga nach wenigen Minuten aus dem Haus und legen sie vorsichtig auf eine vorbereitete Rettungsfolie. Zwei weitere Männer der Feuerwehr beginnen mit der Reanimierung. Ohne auf eine Anweisung zu warten, eilt Sandra zur nahegelegenen Wiese und stellt dort Leitkegel auf, die sie sich aus dem Polizeiauto geschnappt hat, um den Landeplatz für den Hubschrauber zu markieren. Die zwei Feuerwehrmänner, die im Haus waren, schälen sich aus ihren Atemschutzgeräten und werden vom Kommandant angewiesen das Gebäude auszublasen.

„Friedl, wir lüften das Gebäude. Dann können wir hinein und schauen uns an, was da passiert ist."

Das Knattern der Rotoren kündigt den Hubschrauber an, der schon über das Dorf hereinfliegt. Er setzt problemlos auf. Notarzt und Sanitäter springen heraus und eilen zur bewusstlosen Walpurga. Nach einer kurzen

Untersuchung diagnostiziert der Notarzt eine schwere Rauchgasvergiftung. Nachdem er sie stabilisiert hat und sie transportfähig ist, wird Walpurga in den Rettungshubschrauber verfrachtet.

„Gut gemacht, hoffentlich kommt sie durch!", brüllt der Arzt beim Einsteigen gegen den Lärm des aufheulenden Triebwerkes.

Den Feuerwehrleuten ist es rasch gelungen den Rauch aus dem Haus zu blasen, so können Ignaz, Friedl und Sandra eine erste Untersuchung vornehmen. In das Jagdzimmer schauen sie nur kurz hinein. Scheußliche Trophäen, Tiere bei Kampfhandlungen. Mit geschultem Blick sieht sich der Kommandant im Haus die weiteren Räume an. Friedl und Sandra folgen ihm. Besonderes Augenmerk legt er auf den vom Wohnbereich ausgehenden offenen Kamin. Der zieht sich über den ersten Stock zum Dach hinauf und führe auch durch die Wand des Schlafzimmers. Dort wurde Walpurga gefunden. Im Schlafzimmer bittet Ignaz Friedl und Sandra ihm zu helfen das Bett von der Wand zu schieben, um diese genauer anschauen zu können. Er bückt sich zum Boden und klopfte von unten nach oben den Kaminverlauf ab. Plötzlich entfährt ihm ein leiser Pfiff in Verbindung mit erstauntem Kopfschütteln.

„Gehen wir wieder raus, die Luft ist noch nicht optimal hier drinnen. Ich erkläre euch draußen, was da vermutlich vorgegangen ist." Alle sind froh wieder draußen zu sein. Sandra ist schon leicht schwindlig.

„Ich bin kein Brandermittler. Nehmt das, was ich sage, also nur als Vermutung. Zwei Dinge sind mir aufgefallen. Der offene Kamin im Wohnbereich war angefeuert. Dort liegt recht viel frische Asche. Ich nehme an von Papier und Karton. Der Kamin führt über die Schlafzimmerwand hinaus aufs Dach. Im Schlafzimmer wurde er angebohrt. Ganz unten, in Bodennähe. Dadurch hat es dort die Rauchentwicklung gegeben. Ich glaube, da hat jemand manipuliert. Wer das Papier und den Karton zum Brennen gebracht hat, kann ich euch nicht sagen."

Sie lehnen am Feuerwehrauto. Ignaz schnappt sich Mineralwasserflaschen aus der Fahrerkabine und wirft sie Friedl und Sandra zu.

„Trinkt, damit ihr den blöden Geschmack aus dem Mund bekommt."

Friedl unterhält sich noch kurz mit Ignaz. Sie haben ja schon etliche kritische Einsätze miteinander durchgestanden. Man kennt sich gut. Sie verabreden sich zu einer Tour mit den Mountainbikes, wenn es sich ausgeht noch in der kommenden Woche.

„Ich verständige den Brandermittler, er soll sich das in Ruhe anschauen. Den Bericht bekommt ihr frühestens morgen", schließt Ignaz den Einsatz ab.

„Gut, das war's dann, vielen Dank für eure Hilfe!"

Friedl und Sandra machen sich auf den Rückweg. Die Feuerwehrleute sichern für den Brandermittler noch das Gebäude und verstauen das Gerät im Auto. Als Friedl und Sandra vom Vorplatz des Sägewerkes fahren, stellt sich ihnen der alte Schuldirektor in den Weg. Sandra bremst ab und lässt die Scheibe des Autos herunter. Der Alte klopft mit seinem Stock aufs Autodach.

„Seht ihr's. Ich hab's immer schon gewusst, dass aus dem Sepp und dem Bartl nichts wird. Das hat man schon gemerkt, als sie in der Schule waren", krächzt er. Kopfschüttelnd, auf den Stock gestützt, schlurft er weiter.

Frustriert und müde kommen sie zur Inspektion zurück. Beide schweigen. Haben sie den Fall verbockt? Wie soll es weitergehen? Sandra fasst sich als Erste.

„So, ich gehe jetzt hinüber zum Chinesen und hole uns gebratene Nudeln und Salat. Und du brühst eine Kanne Grüntee auf und dann beratschlagen wir, wie es weitergeht. Du hast gestern von einer vagen Idee oder einem Plan gesprochen."

Nachdem sie sich gestärkt haben, überlegen sie gemeinsam.

„Jetzt kommt noch dazu, dass Sepp vermutlich den Kamin manipuliert hat, um auch Walpurga umzubringen. Warum, wissen wir eigentlich nicht", setzt Sandra an.

„So schaut es aus. Mord und Mordversuch sind dem Sepp anzulasten und ich habe keine Fahndung hinausgegeben."

„Ob das jetzt ein schwerer Fehler war, wissen wir nicht", Sandra versucht ihren frustrierten Chef etwas aufzumuntern.

„Ich bleibe trotzdem dabei, dass Sepp nicht auf der Flucht ist und am Freitag pünktlich zum Turnier erscheinen wird und eine Verhaftung während des Spiels am sinnvollsten ist."

„Eine Fahndung müssen wir aufgrund der neuesten Erkenntnisse dennoch sofort hinausgeben. Wenn er irgendwo aufgegriffen wird, kürzt es wenigstens die Zeit ab."

„Gut, das machen wir gleich. Wir müssen uns gut auf die Verhaftung während des Turniers am Freitag vorbereiten. Die Zeit drängt. Schiefgehen darf nun ja wirklich nichts mehr."

„Erzähl mir, was in deinem Kopf umgeht. Kannst du mir sagen, was du vorhast?“

„Mach ich gleich. Lass uns aber zuerst die Fahndung ins System von Europol eingeben. Danach reden wir darüber, wie ich mir das am Freitag vorstelle.“

Der Fahndungsaufruf für Sepp von der Tannen ist gleich erledigt. Friedl beginnt im Büro auf und ab zu gehen. Das ist ein Tick von ihm. Er blickt auf die Uhr, was Sandra deutlich macht, dass er gedanklich schon auf dem Weg zu seinen Kühen ist. Es ist auch schon später Nachmittag.

„Also, meine Idee, wie ich mir das übermorgen, am Freitag, vorstelle“, hebt Friedl an. Es braucht noch mehrere Schritte durchs Büro und etwas Zeit, bis er fortfährt.

„Wir müssen das möglichst diskret machen. Das heißt, wir dürfen nur wenige Personen des Golfplatzes in unser Vorhaben einweihen. Der Präsident und Cindy kommen da nicht in Frage. Auch die Turnierteilnehmer dürfen nichts mitbekommen. Meine Vorstellung ist, dass wir das nur mit Jakob Hirschbühl, dem Chefgreenkeeper, absprechen und nur ihn ins Vertrauen ziehen. Er ist ein patenter Kerl. Zwar sind Leichenfunde nicht so seine Sache, aber sie gehören ja eigentlich auch nicht zu seinem Job.“ Friedl muss lachen. Er steckt auch Sandra an. Sie ist mit Friedls Überlegung einverstanden.

„Gut, dann setzen wir uns morgen mit Jakob Hirschbühl zusammen und besprechen mit ihm die Details. Heute bekommen wir das eh nicht mehr hin. Soll ich ihn anrufen und mit ihm für morgen einen Termin ausmachen?“

„Nein, lass nur“, erwidert Friedl. „Das mache ich selber.

Die Besprechung muss vor Ort sein. Also draußen im Gelände. Ich erledige das noch und dann muss ich …"

„Zu den Kühen", ergänzt Sandra.

„Richtig."

„Ich bleib noch etwas, räume den Schreibtisch auf, dann mache ich auch Schluss."

Das Telefonat mit Jakob Hirschbühl ist gleich erledigt. Sie verabreden sich für acht Uhr. Friedl verrät am Telefon nicht, um was es gehen soll. Kaum hat er das Handy in seine Hosentasche gesteckt, scheucht ihn Sandra zum Büro hinaus.

„Alles klar, habe mitgehört. Um acht sind wir am Golfplatz. Du gehst jetzt, lass die Kühe nicht warten."

Bei der Stallarbeit arbeitet Friedl die Ereignisse des Tages gedanklich auf. Die Kühe sind ruhig, fast lethargisch. Sie leiden vermutlich, wie die Menschen auch, unter der Hitzeperiode, die jetzt schon seit Wochen anhält. Am Freitag soll es Gewitter geben und das Wetter umschlagen, prophezeien die Meteorologen. Friedl ist das egal. Er wird heute zu Hause bleiben und sich auf das morgige Treffen mit Jakob Hirschbühl vorbereiten. Er will, dass am Freitag alles klappt. Da darf nichts übersehen werden. Hoffentlich ist Jakob so kooperativ, wie sich Friedl das wünscht.

Nach getaner Arbeit und dem Abendbrot setzt er sich in den Garten und beobachtet den Sonnenuntergang und den Flug des Falken in der Dämmerung. Was wohl in dieser Vereinbarung steht, dieser Gedanke will ihm nicht aus dem Kopf. Früh zieht er sich zum Schlafen zurück. Strenge Tage liegen noch vor ihm. Er wünscht sich, dass er das bald hinter sich hat.

#08

„Guten Morgen!“, grüßt Sandra ihren Chef. Grüntee ist aufgebrüht und ein Brotsack mit frischen Croissants liegt auf dem Schreibtisch.

„Mensch, du verwöhnst uns ja, danke für das Gebäck. Übrigens auch guten Morgen!“

„Ein kleines Frühstück kann nicht schaden. Mir ist gestern Abend noch was eingefallen, das sollten wir, bevor wir zu Jakob Hirschbühl fahren, noch klären. Du willst diskret vorgehen, da können wir uns doch mit Jakob nicht beim Clubhaus treffen. Da laufen wir ja Cindy und vielleicht auch dem Präsidenten in die Arme.“

„Das ist schon geklärt. Wir parken unser Auto direkt am Straßenrand am Anfang des Golfplatzes. Dort ist ein Güterweg, der in den Golfplatz hineinführt und nach wenigen Metern steht dort ein Stadel. Der dient als Lager für Dünger und Geräte. Jakob hat dort ein kleines Besprechungszimmer, wie er sagt. Dort treffen wir ihn.“

Friedl und Sandra sind pünktlich um acht Uhr bei besagtem Stadel. Jakob erwartet sie bereits und führt sie nach einer kurzen Begrüßung hinein. Im Halbdunkel sind Geräte für die Golfplatzpflege und zu Türmen gestapelte Kunstdüngersäcke zu erkennen. Im hinteren Bereich hat man mit einem einfachen Bretterverschlag einen kleinen Raum geschaffen, der mit Regal, Tisch, vier Stühlen, einer halbvollen Kiste Bier und einem Pin-up Kalender mehr schlecht als recht möbliert ist. Es ist heiß und es riecht nach frisch geschnittenem Gras, Dünger und Öl.

„Nehmt Platz, was kann ich für euch tun?“

Friedl unterbreitet Jakob sein Ansinnen, die Verhaftung von Sepp von der Tannen am Freitag beim Turnier vorzunehmen. Jakob versichert ihm, dass er da gerne dabei ist.

„Da habt ihr Glück. Ich bin der eingeteilte Turnierleiter. An dem Tag tanzen auf dem Platz alle nach meiner Pfeife. Ich bin mit dem Cart unterwegs und kann jederzeit überall auftauchen."

„Sag uns zuerst, wie so ein Turnier abläuft. Wir müssen uns eine Vorstellung davon machen können. Dann reden wir über Einzelheiten", wirft Sandra ein. Jakob erklärt ihnen den Ablauf eines Turniers in groben Zügen.

„Es wird um zwölf Uhr einen Kanonenstart geben, dann geht´s los."

„Was ist ein Kanonenstart?", will Sandra wissen.

„Alle Teilnehmer schlagen zur gleichen Zeit ab. Dazu werden sie auf allen Bahnen des Platzes verteilt. Als Turnierleiter gebe ich um Punkt zwölf Uhr einen Schuss mit einer Schreckschusspistole ab."

Jakob öffnet die Schublade des Tisches und holt das klobige Ding heraus und zeigt es ihnen. Das bringt Friedl auf einen Gedanken, den er später noch mit ihm besprechen will. Jakob verstaut die Kanone wieder, greift nach hinten zum Regal und angelt sich sein Tablet.

„Viele Teilnehmer sind es heuer wirklich nicht. Absoluter Teilnehmertiefstand bei einem Präsidententurnier."

Er wischt auf dem Tablet hin und her.

„Ich kann euch auch sonst noch helfen. Zur Verpflegung der Teilnehmer ist geplant, dass das Greenkeeperteam während des Turniers unter anderem auch Champagner und Austern reicht. Da sind wir zu fünft dauernd unterwegs. Die Einteilung mache ich und wir können zufällig zum richtigen Zeitpunkt an der vierten Bahn auftauchen. Wenn ihr Verstärkung braucht, meine Jungs sind alle recht kräftig." Jakob lacht.

„Übertreib nicht, überlass das ruhig Sandra und mir", erwidert Friedl.

Das Gespräch geht jetzt ins Detail. Sie klären alle Möglichkeiten ab. Dann begeben sie sich hinaus, um sich die Örtlichkeiten beim Abschlag der Vier genau anzusehen. Es braucht ja einen guten Platz, wo Friedl und Sandra ungesehen auf den Flight des Präsidenten mit Sepp und dem Wirt warten können. Jakob nimmt nochmals das Tablet zur Hand.

„Der Präsidentenflight startet um zwölf Uhr von der Eins. Wenn sie halbwegs flott spielen, sind sie um Viertel vor ein Uhr beim Abschlag der Vier", teilt er ihnen mit.

„Danke für deine Hilfe. Und sei bitte wirklich verschwiegen."

„Ja, geht schon in Ordnung. Brauchst dir keine Sorgen zu machen. Das kriegen wir schon hin", gibt sich der Greenkeeper zuversichtlich, als ob er jeden Tag einer Verhaftung beiwohnen würde.

Sandra ist schon etwas vorgegangen um sich den Platz noch aus einer anderen Perspektive anzuschauen. Diese Gelegenheit nutzt Friedl für den Gedankenblitz, den er vorher, als ihnen Jakob die Pistole gezeigt hat, hatte.

„Kannst du mit der Pistole genau dann, wenn Sepp zum Abschlag ausholt, hier in der Nähe einen Schuss abgeben?"

„Das kann ich schon. Es wird halt alle Golfspieler irritieren. Aber das ist eh schon egal. Euer Zugriff löst wahrscheinlich schon genug Aufregung aus. Zumindest im Präsidentenflight und im Nachfolgenden, die das ja alles mitbekommen. Ich mach das. Den nachfolgenden Flight sollte man halt vorwarnen, damit sie stillhalten."

„Wer ist das?", will Friedl wissen. Jakob zieht wieder sein Tablet zu Rate.

„Es ist der Hofrat aus Dornbirn und seine Brüder. Vernünftige Golfspieler. Und der Hofrat ist immer ganz unaufgeregt. Soll ich ihm einen Tipp geben?"

„Ja, mach das, aber nur ihm."

Damit ist das Gespräch beendet. Friedl bedankt und verabschiedet sich und schaut nach Sandra. Die wartet schon beim Auto. Als er zum Fahrzeug kommt, lacht sie verschmitzt. Friedl ist irritiert, beim Lächeln tanzen die roten Locken auf ihrer Stirn.

„Ich habe gar nicht gewusst, dass du etwas für großes Theater übrig hast. Die Verhaftung von Sepp wird ja eine richtige Inszenierung."

„Das hat er sich auch verdient. Erstens wandert er lebenslänglich ins Gefängnis und zweitens soll so etwas schon ein bisschen abschreckend auf die Golfspieler wirken. Wir wollen doch keinen Nachahmungstäter, oder?" Beide lachen jetzt laut.

„So, lass uns zurückfahren. Hoffentlich wird das heute ein halbwegs ruhiger Tag."

Vom Golfplatz zurück, machen sie sich an die Arbeit, liegengebliebene Berichte sind abzuschließen. Da bekommen sie Besuch. Es ist der Brandermittler der Feuerwehr, der sich in der Früh von Bregenz aufgemacht hat, um das Wohnhaus von Sepp von der Tannen auf die Ursachen der Rauchentwicklung zu untersuchen.

„Grüß Gott! Wenn ich schon da bin und euch antreffe, kann ich euch ja gleich erklären, was da vorgegangen ist“, fällt er mit der Tür ins Haus.

„Grüße Sie, Herr Feuersinger! Das ist gut, dass Sie so schnell zu uns kommen. Was ist da im Wohnhaus geschehen?“ Friedl schiebt dem Brandermittler den Besuchersessel zu und bittet ihn Platz zu nehmen.

„Wollen sie etwas trinken. Eine Tasse Grüntee vielleicht“, bietet Sandra an. Der Brandermittler lehnt dankend ab.

„Ja also, alles sehr dilettantisch aufgezogen. Der das gemacht hat, muss schon ein ziemlicher Dummkopf gewesen sein. Mit einer kleinen batteriebetriebenen Zeitschaltuhr wurde eine Zündkapsel aktiviert. Das führte dann zur Verbrennung des Papiers und des Kartons im offenen Kamin und in der Folge zur Rauchentwicklung. Der Kamin im Schlafzimmer wurde angebohrt. Dort ist dann ein Teil des Rauchs ausgetreten. Wie gesagt, alles sehr dilettantisch. Ich hätte das anders gemacht“, fügt Feuersinger listig lächelnd hinzu.

Feuersinger kramt in seinem Rucksack und zieht mehrere Plastiksäckchen heraus und zeigt Friedl und Sandra die Beweisstücke, die er gesichert hat.

„War es für Sie einfach, das herauszufinden?“, fragt Sandra.

„Ja, sehr einfach. Der Täter hat sich keine Mühe gemacht, irgendetwas zu vertuschen. Ich tippe auf eine Panikhandlung.“

„Kann man auf dem, was Sie sichergestellt haben, auch Fingerabdrücke finden?“, will Sandra weiter wissen.

„Wir schauen uns das an. Die Zeitschaltuhr und die

Papierreste könnten schon was hergeben."

„Bekommen wir auch noch einen schriftlichen Bericht?", setzt Friedl nach.

„Ja, sicher, aber das wird etwas dauern. Bei der Hitze brennt es an allen Ecken und Enden. Ihr müsst euch gedulden." Feuersinger steht auf.

„Jetzt geht bitte noch mit mir hinaus. Ich muss euch noch etwas zeigen. Quasi den Höhepunkt meiner Untersuchungen."

Er macht es spannend. Verzieht keine Miene dabei. Gespannt begleiten sie den Brandermittler zum Auto. Er öffnet die Heckklappe. Friedl und Sandra können es nicht fassen, was sie zu sehen bekommen. Ein Steyr SSG 04, stark verrußt.

„So blöd wie ein Wilderer vor hundert Jahren. Hat das Gewehr einfach in den Kamin gehängt. Ich bringe alles, was ich gefunden habe, der Spurensicherung. Bericht folgt, aber es wird dauern, wie gesagt. Übrigens das Jagdzimmer, echt bizarr. Das habt ihr ja gesehen, oder? So jetzt mache ich mich wieder auf den Weg."

Friedl und Sandra bedanken sich für die rasche Untersuchung des Tatortes und verabschieden den Brandermittler.

„Jetzt haben wir wohl genügend Material. Mit den Beweisstücken, die der Brandermittler gefunden hat, kommt Sepp von der Tannen nicht mehr aus", meint Sandra.

„Da hast du recht. Wenn auch noch überall Fingerabdrücke vom Sepp auf dem sichergestellten Material zu finden sind, ist es ganz handfest, dass er der Täter ist. Festgenommen muss er halt noch werden", seufzt Friedl und gestikuliert etwas verdrossen.

Sie wenden sich gerade wieder den liegengebliebenen Berichten zu, da kommt der Rechtsanwalt aus Lustenau, etwas früher als geplant. Grauer Seidenanzug, blaue Krawatte, Haare mit viel Gel an den etwas kleinen Schädel gepappt. Für Sandras Begriffe übertrieben gekleidet.

„Grüß Gott, Herr Doktor!", Friedl gibt sich betont freundlich und bietet dem Anwalt an, Platz zu nehmen.

„Also", beginnt Friedl, „wir ermitteln im Mordfall ...", da wird er auch schon unterbrochen.

„Ich weiß, kommen Sie zur Sache. Eigentlich habe ich keine Zeit für derlei Angelegenheiten." Friedl denkt sich, ein unangenehmer Typ, und setzt nochmals an.

„Wie gesagt, der Mordfall. In diesem Zusammenhang sind wir auf eine Vereinbarung gestoßen, die Sie aufgesetzt haben."

Friedl holt die Klarsichthülle von der Pinnwand und schiebt sie dem Anwalt zu. Dieser wirft einen kurzen Blick auf das Schriftstück.

„Ich muss Ihnen dazu keine Auskunft geben", erwidert der Anwalt mit frechem Gesichtsausdruck. Da mischt sich Sandra ein.

„Wollen Sie unsere Ermittlungen behindern? Wir können uns auch gleich an die Staatsanwaltschaft oder an die Rechtsanwaltskammer wenden." Rechtsanwaltskammer lässt den Anwalt zusammenzucken.

„Ist schon gut, was wollen Sie wissen?", gibt sich der Anwalt plötzlich kooperativ.

„Uns würde der Inhalt der Vereinbarung interessieren", übernimmt Friedl das Gespräch.

„Gut, ich schildere den Inhalt in groben Zügen. Bartl Moosbrugger ist verpflichtet jährlich eine gewisse

Geldsumme zu zahlen. Als Gegenleistung deckt ihn der Bürgermeister gegenüber den Behörden. Der Bürgermeister war früher einmal bei WB, Wälder Balken, Wälder Bretter beschäftigt, Sie wissen schon? Er hat gute Kenntnisse darüber, was da alles gelaufen ist. Er fördert durch seine Politik in der Gemeinde die WB, aber nur den Holzhandel, also Bartls Geschäftsteil. Absicht der Vereinbarung ist es, Sepp von der Tannen aus dem Geschäft zu drängen und den Bauunternehmer ins Boot zu holen. Angedacht sind dabei unter anderem Großprojekte wie die Erweiterung des Golfplatzes und der Bau von Ferienwohnungen. Der Bürgermeister hielt große Stücke auf Bartl. Er sah in ihm einen wichtigen Vertreter der Wirtschaft, vielleicht auch einen Hoffnungsträger in der Politik. Das Landwirtschaftsministerium soll ja …" Friedl unterbricht den Redefluss des Anwalts.

„Bitte, nur zur Sache, also zum Inhalt der Vereinbarung."

„Unterbrechen Sie mich nicht. Wie schon angedeutet, das Ganze soll Vorteile für das Dorf bringen und er schneidet finanziell etwas mit, na ja", der Anwalt grinst dabei und beendet seine Informationen.

„Das ist ja Lobbying vom Feinsten", wirft Sandra, die eine Wirtschaftsschule absolviert hat, ein.

„Ja, ist so", gibt der Anwalt lakonisch von sich.

Friedl ist erstaunt über die Dreistigkeit der Vereinbarung. Ihm ist nun auch klar, was da gespielt wird. Dass der Golfplatz dabei eine zentrale Rolle innehat, überrascht ihn.

„Ich muss jetzt weiter", der Anwalt erhebt sich. Sich für die Information bedankend, begleitet ihn Friedl zur Tür.

„Na, Friedl, du hattest mit deinen Überlegungen Recht. Mafiamethoden scheint es im Wald doch zu geben. Wie gehen wir weiter vor?“, will Sandra wissen.

„Ja, was in der großen Politik seit Langem üblich ist, scheint nun auch bei uns im Dorf anzukommen. Wir gehen zum Bürgermeister und konfrontieren ihn mit den Tatsachen. Dass Seftone überfallen wurde und wir Kenntnis von der dubiosen Vereinbarung haben. Heute ist Donnerstag, da trifft sich am späten Nachmittag immer der Gemeindevorstand. Wir platzen einfach in die Sitzung, dann sehen wir weiter“, gibt sich Friedl forsch.

„Willst du, dass sich der Bürgermeister selbst stellt?“

„In der Art. Schauen wir, ob er den Mumm dazu hat. Bei Politikern weiß man ja nie?“ Sandra versteht, dass Friedl dem Bürgermeister die Chance geben will, die Sache selbst in die Hand zu nehmen.

„Wende ist das im Fall wohl keine, mehr Licht ist aber auf Bartls Geschäftsleben gefallen. Mittlerweile bin ich mir fast sicher, dass er sich absichtlich an Walpurga herangemacht hat, um seine Pläne zu verwirklichen.“

„Kann schon sein“, antwortet Friedl gedankenverloren. Er ist schon wieder in die Berichte vertieft. Sandra tut es ihm gleich.

Kurze Zeit später werden sie wieder unterbrochen. Friedls Handy läutet.

„Friedl Natter, Polizeiinspektion Hittisau. Ein Verkehrsunfall? Wo? Auf der L 205 bei der oberen Ortseinfahrt.“ Friedl hat die Gewohnheit, bei Notrufen alles zu wiederholen.

„Wir kommen sofort! Rettung schon verständigt?“

Sandra steht schon abfahrbereit bei der Türe. Heute scheint ein schlechter Tag für die Büroarbeit zu sein, denkt Friedl, als er Sandra zum Auto folgt.

Ein Traktor ist mit einem Quad zusammengestoßen. Der Quadfahrer, ein junger Bursche aus dem Ort, wurde herausgeschleudert und in die Wiese katapultiert. Er ist mit Prellungen davongekommen. Der Traktorlenker, ein älterer Bauer, war alkoholisiert. Er hat bei der Heuarbeit vermutlich zu viel Most getrunken. Am Quad entstand Totalschaden, beim Traktor ist die Vorderachse gebrochen. Die Herumflucherei des Bauern ist nervig. Auch die Zeugenbefragungen und Aufräumarbeiten ziehen sich hin. Friedl und Sandra kommen erst am frühen Nachmittag zur Inspektion zurück. Wenigstens können sie jetzt ungestört ihre Aufgabenverteilung für Sepp von der Tannens geplante Verhaftung durchbesprechen.

„Wir fahren kurz vor elf Uhr los", sagt Friedl. „Dann bleibt uns genügend Zeit, um uns vor dem Turnierbeginn etwas umzuschauen. Der Greenkeeper hat ja gemeint, dass sich die Turnierteilnehmer hauptsächlich auf der Driving Ranch einspielen oder beim Clubhaus herumlungern, bevor sie zum Start gehen. Das Geschehen können wir von oberhalb der Straße gut einsehen."

„Wir sollten aber rechtzeitig auf unseren Posten sein, damit uns keiner sieht", ergänzt Sandra.

„Bist du vielleicht nervös?", fragt Friedl.

„Ja, bin ich. Es ist meine erste Festnahme. Geübt haben wir das in der Polizeischule ja zuhauf. Aber jetzt, ich weiß nicht, gleich auch noch einen Mörder. Wie verständigen wir uns eigentlich, wenn wir getrennt an unseren Orten auf den Sepp warten, hast du dir das schon überlegt?"

„Das können wir mit dem Handy machen. Klingelton auf lautlos und Gespräche im Flüsterton. Alles klar?“

„Da fällt mir gerade noch etwas ein. Wissen wir etwas über den Zustand von Walpurga von der Tannen?“

„Scheiße, das habe ich glatt vergessen. Ich ruf gleich einmal das Krankenhaus an“, sagt Friedl und zieht das Handy aus der Hosentasche.

Sie ist stabil, aber noch auf der Intensivstation. Weil sie schwere Schlafmittel intus hatte, sei die Rauchgasvergiftung sehr stark ausgefallen. Nicht vernehmungsfähig, man sei guter Dinge, dass sie durchkomme, so die Auskunft.

„Wenigstens etwas. Jetzt machen wir Schluss für heute und gehen noch hinüber ins Gemeindeamt. Bin gespannt, wie der Bürgermeister reagiert“, sagt Friedl und rückt einige Papiere zurecht. Sie gehen das kurze Stück zum Gemeindeamt zu Fuß. Im ersten Stock öffnet Friedl, ohne anzuklopfen, die Tür des Besprechungszimmers. Bürgermeister, Vizebürgermeister, Finanzreferent und die Gemeindesekretärin sind in ein scheinbar ernstes Gespräch vertieft. Der Bürgermeister bemerkt Friedl als Erster.

„Friedl, was willst du? Du störst!“, wird dieser vom Bürgermeister barsch in Empfang genommen. Sandra übersieht er einfach. Friedl räuspert sich, setzt sich unaufgefordert zur Runde und berichtet, was vorgefallen ist und was er weiß. Sandra lehnt sich an einen Fenstersims im hinteren Bereich des Raums.

„Bürgermeister, in der Eile hast du vergessen, das Deckblatt der Vereinbarung mitzunehmen. So sind wir recht schnell hinter die Sache gekommen“, beendet Friedl seine Schilderung.

Der Bürgermeister wird kalkweiß im Gesicht. Die Mitglieder des Gemeindevorstandes wissen nicht, wohin sie schauen sollen, als sich Friedl erhebt.

„Ich nehme an, dass du die Konsequenzen ziehst. Und das möglichst rasch! Sandra wir gehen."

„Halt, bleibt, ich werde mit Seftone schon reden."

„Die Konsequenzen ziehen, politische Verantwortung übernehmen! Nicht sesselkleben und unter den Teppich kehren", wird Friedl recht laut. Beide Polizisten verlassen das Besprechungszimmer. Friedl knallt die Tür hinter sich zu. Wortlos gehen sie zurück zur Inspektion.

„Den Bürgermeister scheinst du nicht zu mögen", versucht Sandra das Schweigen zu brechen.

„Bei solchen Machenschaften kommt einem ja wirklich die Galle hoch. Dann kommen halt auch Emotionen ins Spiel", begründet Friedl sein Verhalten.

„Der Bürgermeister soll froh sein, dass Sepp von allem nichts gewusst hat, sonst hätte er ihn wohl auch noch erschossen", legt Friedl wütend nach.

„Für heute reicht es, dann bis morgen!", meint Friedl, als sie bei der Inspektion angekommen sind.

„Ich glaube, ich gehe heute Abend noch zum Yoga, das hilft, und dann zeitig schlafen. Hast du noch etwas vor?"

„Nein, Gott bewahre. Ich werde den Tag ruhig ausklingen lassen. Ehrlich gesagt, ich bin nervös und gespannt, ob das morgen alles klappt." Friedl schnappt sich das Fahrrad und Sandra braust mit dem roten Cinquecento los.

Die Kühe strahlen heute eine besondere Gelassenheit aus. Man sollte sie sich als Beispiel nehmen, überlegt Friedl. Sie lassen das Melken und Striegeln ohne Widerwillen über sich ergehen und lauschen aufmerksam Friedls Schilderungen, wie sich der Fall entwickelt. Irgendwie signalisieren sie ihm, es wird schon alles gut gehen, wirst schon sehen. Auch Julius stolziert recht friedfertig zwischen seinen Damen herum.

Nach getaner Stallarbeit duscht Friedl und bereitet sich eine Jause im Garten vor. Den ganzen Tag hat er nichts Richtiges gegessen, eigentlich gar nichts. Er langt bei Käse, selbst eingelegten Pfefferoni und Tomaten kräftig zu. Der Wälderschinken mit dem selbst gemachten Brot schmeckt ihm besonders. Bei der Hitze gönnt er sich auch noch ein Bier dazu. Die Wettervorschau im Radio deutet ein Ende der Hitzeperiode an. Am Freitag kann es zu ersten Gewittern seit Wochen kommen, die Abkühlung bringen sollen. Es ist ihm recht. Etwas missmutig holt er seinen Laptop aus dem Haus, setzt sich wieder an den Tisch im Garten. Der tägliche Bericht an das Landeskriminalamt ist noch zu erledigen. Und ganz wichtig, damit sie morgen in Ruhe die Verhaftung vornehmen können, die Routinesachen sollen die Kollegen der Inspektionen Egg und Alberschwende übernehmen. Sie sind noch zu verständigen. Nachdem das erledigt ist, inspiziert er bei Mondschein den Garten und stellt fest, dass er sich am Wochenende der Gartenarbeit widmen muss.

#09

An diesem Freitag kommt zur Hitze noch die hohe Luftfeuchtigkeit dazu. Es ist in der Früh schon unerträglich schwül. Wie am Vortag vereinbart, machen sich Friedl und Sandra kurz vor elf auf den Weg. Beide sind sichtlich nervös. Sandra ist die Gefasstere von beiden. Vor der Abfahrt beginnt Friedl, die Ausrüstungsgegenstände im Polizeifahrzeug zu kontrollieren, ob sie wohl alles dabei haben und nichts versehentlich in der Inspektion herumliegt.

„Geh, lass das. Wir vertrödeln nur Zeit. Oder soll ich mit dem Fahrzeug auch noch durch die Waschstraße fahren, damit wir mit einem sauberen Auto zur Verhaftung vorfahren", scherzt Sandra, ihren nervösen Chef etwas auf die Schippe nehmend.

„Vollgetankt ist. Steig ein, los geht's!"

Um elf Uhr beziehen sie ihren Beobachtungsposten oberhalb des Golfplatzes. Den Wagen haben sie unauffällig am Straßenrand geparkt. Von hier aus sind der Parkplatz, ein Teil der Terrasse des Clubhauses, der Zugang zum Büro und die Driving Ranch einsehbar. Friedl und Sandra können nicht gesehen werden. Sie stehen im Schatten eines kleinen Stadels, beide mit Feldstechern.

Der Parkplatz füllt sich nach und nach. Die Golfspieler laden ihre Trolleys und Bags aus den Autos. Einige begrüßen sich herzlich. Andere geben sich distanziert. Die meisten Ankommenden gehen zuerst ins Büro, wo Cindy die Scorekarten ausgibt. Man versammelt sich danach auf der Terrasse, Getränke werden gereicht. Es bilden sich kleine Gruppen. Vermutlich die Flights. Jakob Hirschbühl, der Chefgreenkeeper, gab ihnen eine genaue Beschreibung, wie so ein Turnierevent abläuft. Auch auf der Driving Ranch ist allerhand los. Die Ehrgeizigen üben verbissen. Schade, dass sie von ihrem Beobachtungsposten aus nichts hören können. Sie sind zu weit entfernt.

Plötzlich stößt Sandra Friedl mit dem Ellenbogen an.

„Schau mal rechts, die Straße hinauf."

„Was soll ich da sehen, wir beobachten den Golfplatz", gibt Friedl etwas unwirsch von sich.

„Schau halt und frag nicht", kontert Sandra. Endlich dreht sich Friedl nach rechts.

„Kommt dir das Auto, das da den Hang herunterfährt, nicht bekannt vor?" Friedl stellt seinen Feldstecher schärfer.

„Ja tatsächlich, ein dunkelgrüner Range Rover, wie ihn der Sepp fährt. Ich glaub Sepp von der Tannen als Fahrer ausmachen zu können. Ganz sicher bin ich mir nicht."

Der Range Rover fährt langsam und in leichten Schlangenlinien.

„Ganz fahrtüchtig scheint mir der Typ aber nicht mehr zu sein", kommentiert Sandra ihre Beobachtung. Da biegt das Fahrzeug auch schon Richtung Parkplatz ein.

„Na, unser Plan, also eigentlich dein Plan, scheint aufzugehen."

Sepp von der Tannen ist, aus Richtung Deutschland kommend, beim Golfplatz eingetroffen. Friedl atmet sichtlich erleichtert durch. Schwerfällig klettert Sepp aus dem Auto. Auch das Ausladen der Golfutensilien bereitet ihm sichtlich Schwierigkeiten. Langsam schlurft er zur Terrasse des Clubhauses. Der Präsident, Franz Alge, der es die ganze Zeit schon wichtig hat und überall schulterklopfend unterwegs ist, begrüßt Sepp überschwänglich.

Einige der Golfspieler tun es ihm gleich. Andere wiederum treten einen Schritt zurück, als sie Sepp sehen. Sepp gibt sich ungezwungen, ganz sponsorlike. Bei der Begrüßung der anwesenden Damen verweilt er länger als notwendig und tätschelt diesen beim Begrüßungsküsschen nicht nur den Oberarm.

„So ein Grapscherarsch!", entfährt es Sandra. Friedl schüttelt den Kopf.

Der Präsident begibt sich zu einem vorbereiteten, etwas erhöhten, Rednerpult und schickt sich an, eine Rede zu halten. Neben ihn stellt sich lächelnd Sepp von der Tannen, mit einem vollem Champagnerglas in der Hand, leicht schwankend.

„Es wird Zeit, dass wir uns zum Abschlag der Vier aufmachen", zischt Friedl. „Es kann nicht mehr lange dauern und die Herrschaften gehen oder fahren zu den ihnen zugewiesen Abschlägen."

Friedl und Sandra machen sich auf zu ihrem Wagen um das kurze Stück zum Güterweg, der in den Golfplatz hineinführt, zurückzufahren. Von dort ist es nur eine kurze Strecke zu Fuß zu den am Vortag ausgemachten Plätzen. Sie tauschen sich über die Vorgehensweise nochmals kurz aus und stellen die Handys auf lautlos.

„Wir nehmen ihn fest, nachdem er seinen Abschlag gemacht hat", rekapituliert Friedl.

„Wenn der erste Flight von der Vier weg ist, kommen noch zwei und der dritte müsste dann der Flight mit dem Präsidenten, dem Wirt und Sepp sein", ergänzt Sandra. „Wird schon schiefgehen", meint sie etwas galgenhumorig.

Für Friedl ist ein Ort, unmittelbar in der Nähe des

Abschlags der Vier, vorgesehen, etwas unterhalb, hinter dem Green der Drei. Dort ist ein kleines Waldstück, in das er sich begibt. Da hat er den Abschlag gut im Blick. Für Sandra ist ein Platz etwas oberhalb des Abschlags der Vier, gleich neben dem Abschlag der Zwei, bestimmt. Ebenfalls ein kleines Wäldchen. Sie sieht auch auf den Abschlag, kann aber auch das Geschehen auf den Bahnen Zwei und Drei einsehen. Beide sind nicht zu sehen, verdeckt durch Bäume und Gebüsch. Friedl hofft, dass sich Jakob Hirschbühl an das hält, was sie gestern ausgemacht haben. Sandra hat er nichts erzählt.

Nach und nach füllen sich die Abschläge. Ein voll besetztes Turnier ist es wirklich nicht. Überall nur zweier und dreier Flights. Punkt zwölf Uhr kracht ein Schuss und das Präsidententurnier beginnt. Kanonenstart.

Von ihren Posten aus können Friedl und Sandra das Spiel gut beobachten. Nachdem der Flight an der Vier abgeschlagen hat, sehen sie den Flight von der Drei näher kommen und auf das Green spielen. Nach diesem muss nur noch ein Flight durch. Dann ist es so weit. Es kann sich nur noch um eine gute Viertelstunde handeln. Bei beiden steigt die Spannung.

„Fore!“, tönt es laut vom Abschlag der Zwei, zur dreier Bahn hinüber. Hektik kommt auf. Im Flight der Brüder aus Dornbirn ist dem Ingenieur beim Abschlag der Ball abgerissen und mit hoher Geschwindigkeit nach rechts ausgebrochen. Dort steht gerade der Präsidentenflight, sich vorbereitend, die dreier Bahn zu spielen. Alle werfen sich in kauernde Positionen und geben die Hände schützend über die Köpfe. Der Ball trifft dennoch den linken Knöchel des Präsidenten. Der hüpft nun auf einem Fuß, das Fußgelenk, des anderen reibend. Der Ingenieur eilt die kurze Strecke auf ihn zu und entschuldigt sich für das Missgeschick.

„Tut mir leid, Herr Präsident, geht es?“ Dem Präsidenten gelingt es, den Fuß wieder aufzusetzen und nachdem man Höflichkeiten ausgetauscht hat, kann er humpelnd das Spiel fortsetzen.

Sandras Handy vibriert in der Hosentasche. Sie fischt es heraus.

„Was ist da los, warum wird da so herumgebrüllt?“, fragt Friedl, flüsternd und aufgeregt.

„Ein Ball hat den Präsidenten erwischt, Fore ist der Warnruf in solchen Fällen. Beruhige dich, es geht schon weiter“, antwortet Sandra kurz angebunden.

Sehr schleppend bewegt sich der Präsidentenflight nun die dritte Bahn hinunter. Niemandem gelingt mehr ein wirklich guter Schlag und es ist eine ziemliche Murkserei, bis sie die drei Bälle auf das Green bringen. Dazwischen wird heftig diskutiert. Die Stimmung ist nicht mehr gut. Endlich haben sie die dritte Bahn mit etlichen Putts beendet und schreiten den Abschlag zur Vier hoch. Beide Polizisten sind gespannt, in welcher Reihenfolge sie zum Abschlagen kommen. Jakob Hirschbühl hat ihnen erklärt, dass der Erste immer jener Spieler ist, der das vorige Loch am besten bewältigt hat. Dem gebühre die Ehre, wie er sagt. Es scheint so, dass Sepp von der Tannen die Ehre hat. Auffallend viele Carts sind in der Umgebung platziert. Fast an allen Abschlägen werden Champagner und Austern gereicht. Nur an der Vier nicht.

Der erste Schlag will gut platziert sein. Sepp bückt sich, setzt den Ball auf das Tee, macht einen Probeschwung, setzt ab und atmet tief durch. Auf den Schlag konzentrieren, Schlägerkopf kontrollieren, Haltung und Richtung beachten, den Ball anschauen und zum Schlag ausholen, eine komplexe Handlung, die er recht gut beherrscht. Gerade als der Schläger den Scheitelpunkt des Schwungs erreicht hat, knallt ein Schuss.

Sepp erstarrt. Friedl und Sandra springen aus ihrer Deckung. Der Präsident und der Wirt stehen verdattert herum. Langsam lässt Sepp den Schläger sinken. Auf ihn zulaufend, sieht Sandra aus dem Augenwinkel Jakob Hirschbühl in seinem Cart sitzen, wie er gerade den Rauch, westernmäßig grinsend, von der Schreckschusspistole bläst. Friedl ist als Erster bei Sepp.

„Sepp, das Spiel ist aus, lass sofort den Schläger fallen!" Sepp lässt sich widerstandslos festnehmen.

„Gott sei Dank hat das Spiel ein Ende", gibt er von sich und wirft theatralisch die Hände vors Gesicht.

„Ich hab den Bartl erschossen und die Walpurga wollte ich auch aus dem Weg haben", gibt Sepp weinerlich von sich.

Sandra legt ihm Handschellen an und treibt in unsanft in Richtung Güterweg zum Polizeifahrzeug. Auf dem Weg dorthin faselt Sepp ein Geständnis, das gespickt ist mit etlichen Entschuldigungen und noch mehr Ausreden.

„Ich habe einfach nicht anders gekonnt", jammert er mehrfach vor sich hin. Sandra findet das, was er von sich gibt, echt widerlich. Friedl, der zurückgeblieben ist, macht eine entschuldigende Geste gegenüber dem Präsidenten und dem Wirt.

„Ihr könnt jetzt weiterspielen. Schönes Spiel noch!"

Im Zurückgehen beobachtet er den nachfolgenden Flight, der auf dem Green der Drei steht. Die drei Brüder aus Dornbirn. Der Hofrat informiert den Arzt und Ingenieur darüber, was hier abgegangen ist. Alle drei putten ihre Bälle ein.

„Auf zum Mörderloch!“, ruft der Hofrat im Gehen zum Abschlag der Vier. Die Bezeichnung bürgert sich in Folge ein.

Als Friedl zum Auto kommt, hat Sandra Sepp von der Tannen schon hinten hinein verfrachtet.

„Das mit dem Schuss, den Jakob Hirschbühl in der richtigen Sekunde abgegeben hat, war wirklich theaterreif. Du solltest den Job wechseln.“ Sie lacht dabei und ihre roten Locken tanzen auf der Stirn.

„Ja, ja, Theater war das einzige Fach, das mich in der Schule interessiert hat“, gibt er etwas von seinen Interessen preis. Beiden ist die Erleichterung über den Abschluss des Falles anzumerken.

Zeitschriften und Bücher entdecken. Dann einfach sitzen bleiben und ein Glas Wein bestellen. Dem Feuer im Kamin beim Prasseln zuhören. Mit anderen Gästen entspannt ins Gespräch kommen. Nachts in die Sterne schauen und sich spüren. In der Krone sein. Da sein.

Es gibt wohl keinen geeigneteren Ort für die kurzfristig einberufene Pressekonferenz zum Abschluss des Mordes am Golfplatz als die Krone am Dorfplatz. Am späten Nachmittag versammeln sich die Beteiligten in der Wirtsstube: Der Oberst der Polizei aus Bregenz ist herbeigeeilt, der Landesrat für Sicherheit hat seinen Urlaub am Bauernhof unterbrochen, der Bürgermeister fehlt, der hat derzeit andere Sorgen, und natürlich Friedl Natter und Sandra Dorner von der Polizeiinspektion Hittisau. Friedl und Sandra stellen sich den Fragen der Journalisten, die sie knapp beantworten. Der Oberst und der Landesrat sind sich einig, dass hervorragende Arbeit geleistet wurde. Rasch sei man zu einer Lösung gekommen, die Sicherheit war nie gefährdet. Das Übliche halt. Friedl und Sandra werden gelobt. Der Landesrat für Sicherheit stellt für beide ein verführerisches Karriereangebot in den Raum. Nach einer halben Stunde ist der Spuk vorbei. Die hohen Herren eilen, so schnell wie sie gekommen sind, davon. Auch die Journalisten sind zufrieden und machen sich auf zum nächsten Event.

Friedl und Sandra stehen alleine unter dem Vordach der Krone. Donnergrollen ist schon zu vernehmen, schwarze, fette Wolken hängen über dem Dorf. Es kann sich nur noch um wenige Augenblicke handeln, bis das ersehnte Gewitter losbricht. Gerade als die ersten Tropfen auf den Dorfplatz klatschen, fährt die Karosse des Bundespräsidenten vorbei und bremst sanft ab. Eine Scheibe wird heruntergelassen und die Hand des Bundespräsidenten mit zum Himmel ausgestrecktem Daumen ragt heraus. Friedl und Sandra winken dem Bundespräsidenten nach.

Friedl schaut auf die Uhr.

„Du, ich muss ..."

„Zu den Kühen", ergänzt Sandra.

„Du kannst ja mitkommen. Ich mach uns zur Feier des Tages ordentliche Käsknöpfle und einen Salat. Dabei erzählst du mir, was es mit dem neuen Look, den du dir zulegen willst, auf sich hat", ladet er sie etwas verlegen ein.

„Ja, gern, aber nur, wenn du das Fahrrad stehen lässt." Friedl zwängt sich in den roten Cinquecento.

„Was hat der Landesrat damit gemeint, solche Polizisten braucht es nicht nur im Wald, sondern auch draußen am Land?", fragt sie ihn im Losfahren.

Eine Golfpartie ist, in der Arena eines Vierers, nicht nur Kampf, sondern Theater. Jeder Spieler trägt eine Charaktermaske, die ihm eine vorhersagbare Rolle zuweist, doch die Wechselfälle des Spiels verändern diese Rolle in nicht vorhersagbarer Weise, wenden sie abwechselnd ins Komische oder Dramatische, ins Heroische oder Blamable. In schnellem Wechsel sind wir Schauspieler und Publikum, und wir lieben einander so, wie begeisterte Zuschauer ihre Bühnenhelden lieben, was uns umso leichter fällt, als jeder von uns ins Scheinwerferlicht gerät, sobald ihn die Ehre des Abschlags trifft.

John Updike

Glossar

Im Text verwendete Begriffe des Golferlateins, salopp erklärt:

Abschlag
Ist jener gut gemähte Platz, an dem jede Spielbahn beginnt. Hinter der angebrachten Markierung kann man den Ball auflegen und abschlagen.

Annäherung
Der Schlag, der vom Fairway Richtung Green gehen soll. Meist eine kurze Distanz. Wird oft schlecht gespielt. Vor dem Green steigt die Nervosität.

Backspin
Rückwertsdrall, der Ball rollt kaum aus. Er kann am Boden auch den Weg zurück nehmen. Ist hilfreich bei langen Annäherungen oder bei kurzen Bahnen. Braucht viel Übung.

Bag
Großes Behältnis, mit dem der Golfer alle Schläger, maximal vierzehn an der Zahl, herumschleppt. Kleidung und Proviant werden auch noch darin verstaut. Penible Ordnung im Bag ist hilfreich. Sehr schwer.

Bahn
Bezeichnung einer von neun oder achtzehn Spielbahnen eines Golfplatzes. Sie beginnt mit dem Abschlag und endet bei der Fahne, dem Loch auf dem Green.

Birdie
Für ein Birdie benötigt man einen Schlag weniger, als für eine Bahn vorgesehen ist. Also wenn man zum Beispiel für eine Bahn, für die vier Schläge vorgesehen sind, nur drei Schläge braucht. Nicht alltäglich.

Bunker
Sandlöcher, die liebend gerne von den Golflatzbauern rund um das Grün oder dort, wo der durchschnittliche Golfer gern hinspielt, platziert sind. Je nach Beschaffenheit des Sandes, trocken oder nass, schwer zu spielen.

Caddy
Trägt dem Golfspieler den Bag und reicht ihm die richtigen Schläger. Er hat auch beratende Funktion, weil er den Platz kennt. Vor einem Turnier studiert er Windgeschwindigkeit und Richtung, Beschaffenheit des Grases und vieles andere mehr. Nur noch bei großen Turnieren und auf Golfplätzen in einigen Urlaubsgebieten üblich.

Carry
Die reine Flugdistanz des Balles. Carry wird gemessen von der Ausgangslage des Balles bis zu dem Punkt, an dem er das erste Mal den Boden berührt.

Cart
Kleines Fahrzeug für zwei Personen, mit dem man beim Spiel über den Platz fährt. Die Verwendung ist eine ungeheure Erleichterung. Bei großen Plätzen fast ein Muss, um die langen Distanzen zwischen den Bahnen zu bewältigen.

Chip
Ein Chip wird gespielt, wenn der Ball nahe beim Green liegt. Ein Schlag auf kurze Distanz. Annäherung ist in etwa das Gleiche. Sieht leicht aus, ist es aber nicht.

Diviot
Kleinere oder größere Rasenstücke, die durch den Schläger beim Schlag herausgerissen werden. Fliegen meist durch die Luft und sollten vom Spieler wieder zurückgelegt und festgetreten werden.

Dogleg
Hundebein. Bezeichnung für eine Golfbahn, die einen Knick nach rechts oder links hat.

Driver
Ist der größte Golfschläger. Er wird für den Abschlag bei langen Bahnen verwendet. Eine Weite von 150 Metern und mehr sollte mit diesem Schläger erzielt werden.

Driving Ranch
Da können die Golfspieler üben. Sowohl kurzes Spiel und Putten, als auch lange Schläge. Eine notwendige, aber fade Beschäftigung.

Dropping Zone

Um bei Ballverlust auf Golfbahnen den Spielfluss zu wahren, werden Dropping Zonen eingerichtet. Dort wird der Ball im aufrechten Stand mit ausgestrecktem Arm auf die Spielbahn fallen gelassen, gedroppt. Kein Golfspieler droppt gerne. Wird als zusätzlicher Schlag bewertet. Verlockt zum Mogeln.

Early Bird

Bezeichnung für das Golfspiel in den frühen Morgenstunden.

Eisen

Schläger werden in Putter, Eisen und Holz oder Driver eingeteilt. Mit Holz oder Driver spielt man lange Distanzen aus guter Ausgangslage. Eisen verwendet man für mittlere und kurze Distanzen, auch bei schlechteren Ausgangslagen. Putter kommen auf dem Green zum Einsatz.

Etikette

Die Etikette umschreibt das Verhalten auf dem Golfplatz und umfasst geschriebene und ungeschriebene Regeln. Allein bei dieser Formulierung sieht man, dass die Etikette etwas ganz Kompliziertes ist. Auf den Punkt gebracht, geht es um Sicherheit, Vorsicht, Rücksicht, Schonung des Platzes. Formen der Höflichkeit. Kleidungsvorschriften sind in den ungeschriebenen Regeln ebenfalls enthalten und daher unterschiedlich. Die richtige Etikette ist kaum einzuhalten.

Fairway

Das Fairway ist der kurz gemähte Bereich einer Spielbahn zwischen Abschlag und Grün. Fairways können gerade verlaufen oder bis zu zwei Doglegs aufweisen. Gelegentlich wird ein Fairway auch von Gräben, Wegen, Roughflächen, Seen oder anderen Elementen unterbrochen, die überspielt werden müssen. Gelingt nicht immer. Fairways machen etwa gut 20 Prozent der Gesamtfläche eines Golfplatzes aus.

Fairwayholz oder Fairwaydriver

Hölzer oder Driver werden in der Regel für Schläge vom Abschlag oder Fairway verwendet. Der Schlägerkopf ist tropfen- oder birnenförmig.

Fore

Warnruf in kritischen Spielsituationen, wenn ein Ball in Richtung eines anderen Spielers fliegt. Es soll dann sofort Schutzhaltung, kauernde Position mit Händen und Armen schützend über dem Kopf, eingenommen werden. „Fore!“ soll die Kurzform des alten militärischen Rufes „Beware before!“ in Gefechtssituationen sein. Lautes Rufen ist dabei wichtig.

Flight

Ein Flight ist eine Gruppe von zwei, drei oder vier Spielern. Mehr dürfen nicht gemeinsam spielen. Der Begriff kommt angeblich aus Amerika. Im deutschsprachigen Raum wurde er übernommen. Abgeleitet soll er vom gemeinsamen Flug der Vögel sein. In Großbritannien, obwohl die alten Schotten das Spiel erfunden haben, wird der Begriff nicht verwendet. Dort wird gemeinsames Spielen mit folgenden Worten Foursome, Threesome, Twosome, match oder group bezeichnet. Es gibt auch die Variante Twoball, Threeball, Fourball.

Green

Das Green ist der Zielbereich beim Golf. Hier wird der Ball nicht durch die Luft geschlagen, sondern mit dem Putter über das Green in Richtung Loch gerollt. Um das Grün schwieriger zu gestalten, werden sogenannte Breaks eingebaut. Hier ist das Grün nicht flach, sondern es weist kleine Erhebungen und Mulden auf. Der Ball rollt dort nicht geradeaus, sondern wird durch die Breaks abgelenkt. Dementsprechend muss beim Putt neben das Loch gezielt werden, damit der Ball in einer Kurve zum Ziel rollt. Das Bestimmen dieser Kurve nennt man das Grün lesen. Braucht ein gutes räumliches Vorstellungsvermögen. Greens machen maximal fünf Prozent der Gesamtfläche eines Golfplatzes aus.

Greenfeespieler

Jeder Golfspieler muss einen Heimatclub haben. Dort zahlt er den Jahresbeitrag und kann jederzeit spielen. Spielt er auf einem anderen Platz, so ist für jedes Spiel eine Gebühr zu entrichten, Greenfee. So einen Gast nennt man auch Greenfeespieler. Er gehört nicht zum Club und spielt vielleicht zum ersten Mal auf dem Platz.

Greenkeeper

Das sind die Personen, die den Platz pflegen. Die Hauptarbeit besteht sicher im Mähen. Es gibt dazu aber noch mindestens über ein Dutzend weiterer Arbeitsbereiche, um die sie sich kümmern müssen: Ausbesserungen, Bewässerung, Müllentsorgung. Arbeit ohne Ende.

Handicap

Das Handicap im Golf ist eine Kennzahl, die die ungefähre Spielstärke eines Golfers beschreibt. Vereinfacht lässt sich sagen, dass sich das Handicap aus der Differenz der Schläge, welche zum Beenden eines Platzes benötigt werden, zum Par des Platzes, ergibt. Verschieden hohe Handicaps können gegeneinander aufgerechnet werden, sodass ein Wettbewerb auf Augenhöhe auch zwischen Golfern unterschiedlicher Spielstärke möglich wird. Voll kompliziert. Bitte fragen Sie nicht jeden Golfer nach dem Handicap. Nur jene, die ein gutes haben.

Hole in One
Ganz einfach, mit einem Schlag im Loch. Geht nur bei kurzen Bahnen.

Hook
Ein Schlag, der rechts von der Ziellinie startet und während des Fluges nach links abdreht. Vielfältige Ursachen führen zum Hook.

Kanonenstart
Gemeinsamer Start eines Turniers. Alle Abschläge sind mit Spielern besetzt. Der Turnierleiter gibt mit einem Pistolenschuss das Zeichen zum Start.

Par
Für jede Spielbahn ist ein Par definiert. Dieser Wert steht für die Anzahl an Schlägen, die ein sehr guter Spieler durchschnittlich benötigt, um den Ball vom Abschlag in das Loch zu spielen. Bei der Berechnung des Par für eine Spielbahn wird immer davon ausgegangen, dass zwei Putts benötigt werden. Dazu kommt dann eine bestimmte Anzahl von Schlägen für das Spiel vom Abschlag auf das Grün. Diese Anzahl variiert mit der Länge der Bahn, nicht mit ihrer Schwierigkeit.

Platzregeln
Spezielle Regeln, die nur für einen Platz gelten. Sie werden vom Betreiber festgelegt, um zum Beispiel die Sicherheit zu erhöhen oder Teile des Platzes zu schonen. Sollten auf alle Fälle vor Beginn des Spiels gelesen und eingehalten werden.

Pro
Unter Pro versteht man die Bezeichnung jener Frauen und Männer, bei denen man das Golfspielen erlernen kann und die Platzreifeprüfung ablegen muss. Man sucht sie gelegentlich auch auf, wenn das Spiel nicht mehr so gut läuft.

Putt
Sind die letzten Schläge, die man auf dem Green macht. Der Ball wird flach Richtung Loch getrieben.

Rough
Als Rough, das Raue, werden die Teile eines Golfplatzes bezeichnet, die zwischen den Spielbahnen liegen. Die Roughbereiche werden nur zweimal jährlich gemäht und ansonsten in ihrem natürlichen Wuchs belassen. Das Rough macht etwa 70 Prozent der Gesamtfläche eines Golfplatzes aus.

Scorekarte

Auf der Scorekarte verzeichnet der Spieler seine Schläge. Das Ausfüllen sollte möglichst ehrlich gemacht werden. Bei Turnieren werden die Scorekarten jeweils von einem Mitspieler ausgefüllt, damit es zu keinen Schwindeleien kommt.

Slice

Ist ein Schlag, der links von der Ziellinie startet und während des Fluges nach rechts abdreht. Vielfältige Ursachen führen zum Slice. Einfach das Gegenstück zum Hook.

Tee

Sieht aus wie ein Nagel, der im Kopf eine Delle hat. Das Tee wird in die Erde gesteckt und der Ball darauf gelegt. Dadurch wird der Ball etwas erhöht und lässt sich leichter abschlagen. Tees dürfen nur am Abschlag verwendet werden.

Trolley

Kleines Wägelchen, mit dem der Bag transportiert wird. Vielfach mit einem Elektromotor ausgestattet. Erleichtert die Golfrunde.

Turnier

Ganz großes Theater oder einfach ein Wettkampf unter Golfspielern.

Wasserhindernis

Bäche, Teiche und dergleichen. Wasserhindernisse fordern viele Golfbälle. Nach einer Saison werden aus großen Seen mit Rechen oft Tausende Bälle herausgefischt.

Verwendet

Updike John, Golfträume, Hamburg 1999
www.adler-hittisau.at
www.golf-bregenzerwald.com
www.golfstun.de
www.hotyogabox.at
www.jagdgasthaus-egender.at
www.krone-hittisau.at
www.landhotel-hirschen.at
www.ochsen.cc
www.outdooractive.com
www.schiff-hittisau.com
www.wikipedia.org

Dank

Ich habe unzählige Krimis gelesen und meiner Phantasie freien Lauf gelassen. Mein Dank gilt den vielen Krimiautoren und meiner Familie und Freunden, die mich während der Schreibarbeit begleitet haben. Ein besonderer Dank gilt Charlotte Mayrhauser-Berger für die vielen Gespräche und für das Korrektur- und Erstlesens des Krimis, ebenso Elisabeth Wicke für die Korrektur. Als Testleser/innen fungierten: Gerda Sutterlüti, Wolfgang Urban und Wolfgang Zoppel, auch ihnen gebührt Dank.

Lektorin Nina Winkler vom Verlag edition v gab dem Krimi mit ihren Anregungen den letzten Schliff. Vielen Dank für die hervorragende Betreuung.

Viele Ideen hat auch meine Frau eingebracht, ihr gebührt an dieser Stelle auch ein herzlicher Dank.

Der Autor

Guntram Zoppel, geboren 1954. Studium der Geschichte und Religionspädagogik, Gymnasialdirektor a.D. Wohnt in Dornbirn, ist begeisterter Leser von Kriminalromanen, spielt leidenschaftlich schlecht Golf, kocht am liebsten nach Kriminal-Rezepten, macht Yoga und reist gerne.

Mord am vierten Loch ist sein erster Kriminalroman.

Buchvorschau

Guntram Zoppel

Die Tote am Ende der Fahnenstange

Ein Lustenau-Krimi

An einem kalten nebligen Herbsttag, kurz vor Schulbeginn, entdecken Schüler des Gymnasiums eine Tote, erhängt an der Fahnenstange vor der Schule. Die Schulgemeinschaft fällt auf Grund des schrecklichen Leichenfundes in Schockstarre. Die sympathischen Polizisten Friedl Natter und Sandra Dorner ermitteln. Dabei stoßen sie auf kuriose Gegebenheiten, seltsame Gepflogenheiten und skurrile Zustände in der Marktgemeinde. Lustenau ist eben ganz anders.

Erscheinungstermin: Herbst 2018

Neuerscheinung

Margit Heumann

So viel Schwein geht auf keine Kuhhaut

Kurze Schmunzelgeschichten mit kriminellem Hintergrund. Zumindest kommen die beiden Protagonisten Paul und Emma immer wieder mit dem Gesetz in Konflikt. Mal unfreiwillig, mal mit voller Absicht und mal sind sie eben zur falschen Zeit am falschen Ort. Sie geben ihren Senf zu allem dazu, was sie tangiert oder eben nicht und spezielle Ansichten haben sie jedenfalls zu beinahe jedem Thema. Sei das Bio-Landwirtschaft, das Älterwerden, der Cyberspace, die Freikörperkultur, der Organhandel oder der Tierschutz. Auch vor illegalen Mitteln – von Betrug bis Mordanschlag – schrecken sie nicht zurück.

Der Frauenversteher Paul und seine Kätzin Emma stecken ständig in der Klemme, manchmal sogar mit einem Bein im Gefängis, aber wie den Kopf aus der Schlinge ziehen? Mit typisch Vorarlberger Bedächtigkeit und Rechtschaffenheit sowie der nötigen Gerissenheit kommen sie stets mit einem blauen Auge davon.

ISBN 978-3-9504280-3-2 | edition v

Neuerscheinung

Eva Fischer (Hg.)

mundART: Kochen mit Vorarlberger Foodbloggern

11 namhafte Vorarlberger BloggerInnen rund um die erfolgreiche Kochbuchautorin Eva Fischer verraten ihre Lieblingsrezepte und geben Einblick in ihre Koch-Philosophie und ihr Blogger-Leben.
Eingeteilt in fünf originelle Kategorien, entsteht ein wunderschönes Kochbuch mit vielfältigen Rezepten.

Gestylt und fotografiert wurden die Gerichte von Eva Fischer persönlich, die Making-of-Fotos und Portraits stammen aus dem Objektiv von Patrick Steiner.

Beitragende BloggerInnen:
Barbara Fischer (fischersfritzen.com)
Eva Fischer (www.foodtastic.com)
Nadin Hiebler (www.dieglueckIichmacherei.com)
Robert Lackner (www.silentdays.at)
Jessica Lerchenmüller (www.vollmundig.org)
Sabine Ludhammer (www.soulsistakitchen.com)
Johanna Raid, Julia Amann, Anna Smoly (www.healthspiration.at)
Brigitte Schwarz (www.goats.today)
Marina Vonier (city-cupcakes.com)

Erscheinungstermin: 27.11.2017
ISBN 978-3-9504280-4-9 | edition v